ろし

長編時代小説

逢初橋《あいぞめばし》

深川鞘番所⑥

吉田雄亮

祥伝社文庫

目次

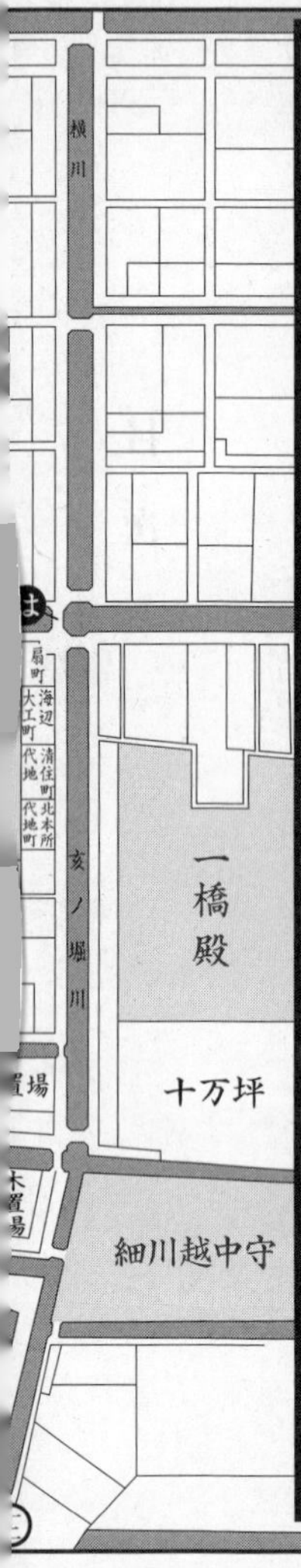

深川繪圖

㊀ 深川大番屋(鞘番所)
㊁ 靈嚴寺
㊂ 法苑山 浄心寺
㊃ 外記殿堀(外記堀)
㊄ 櫓下裾継
㊅ 摩利支天横丁
㊆ 馬場通
㊇ 大栄山金剛神院 永代寺
㊈ 富岡八幡宮
㊉ 土橋
(十一) 三十三間堂
(十二) 洲崎弁天

い 万年橋
ろ 高橋
は 新高橋
に 上ノ橋
ほ 海辺橋(正覚寺橋)
へ 亀久橋
と 要橋
ち 青海橋
り 永代橋
ぬ 蓬莱橋

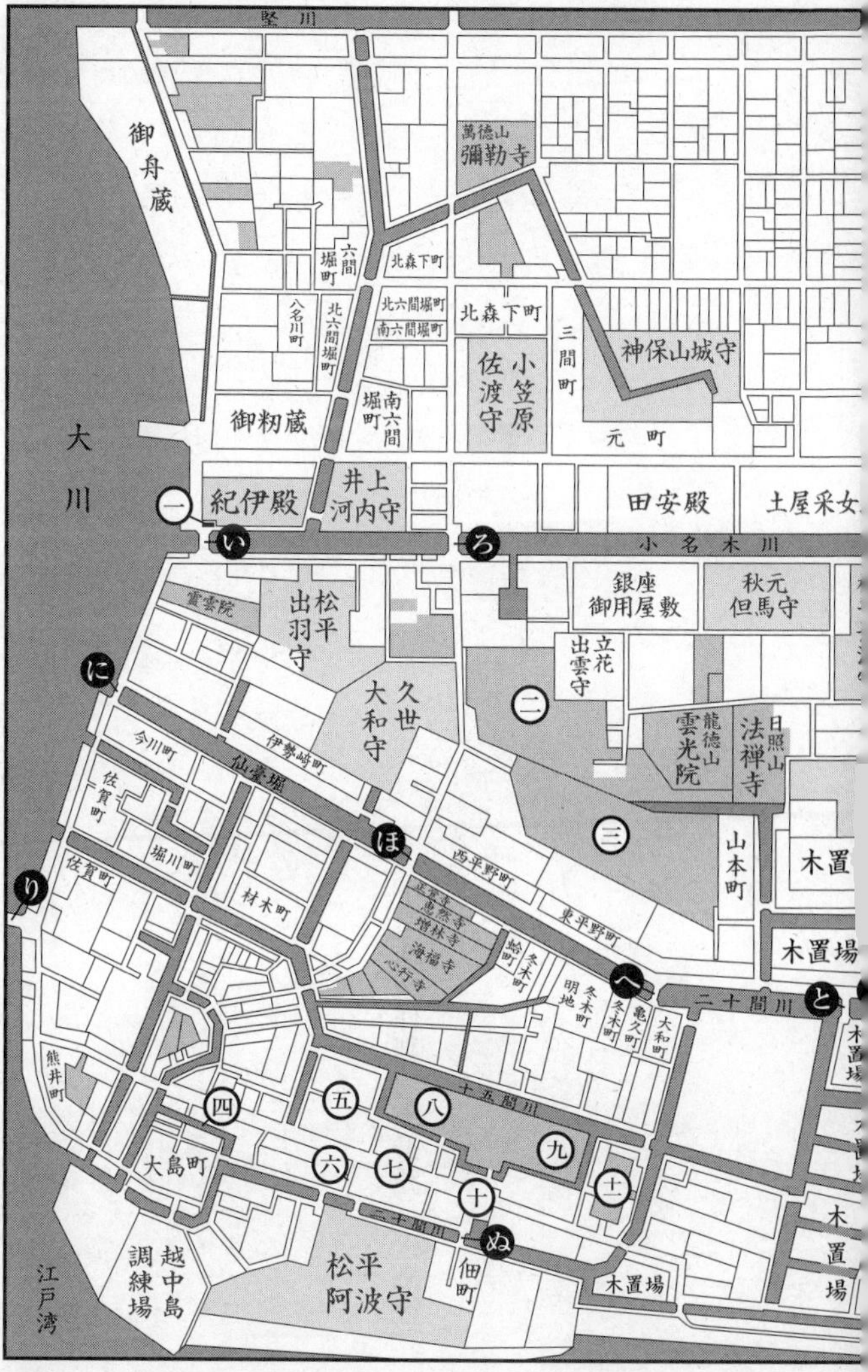

竪川
御舟蔵
萬徳山
彌勒寺
六間堀町
北森下町
北六間堀町
南六間堀町
北森下町
八名川町
北六間堀町
三間町
神保山城守
小笠原佐渡守
南六間堀町
御籾蔵
元町
大川
紀伊殿
井上河内守
田安殿
土屋采女
小名木川
銀座御用屋敷
秋元但馬守
霊雲院
松平出羽守
立花出雲守
久世大和守
龍徳山
雲光院
日照山
法禅寺
今川町
伊勢崎町
仙台堀
佐賀町
堀川町
山本町
木置
西平野町
佐賀町
材木町
正覚寺
恵然寺
増林寺
海福寺
心行寺
東平野町
木置場
蛤町
冬木町
明地
冬木町
冬木町
亀久町
大和町
二十間川
熊井町
十五間川
木置場
大島町
二十間川
越中島調練場
松平阿波守
佃町
木置場
木置場
江戸湾

本文地図作製　上野匠（三潮社）

一章　狐狸往来《こりおうらい》

一

重なり合った黒雲が夜陰に溶け込んで重く垂れ籠《こ》めている。

明け方から降りつづいた雨の名残か、水かさを増した大川が地の底から吹き上がってくる荒くれた風音に似た響きを発しながら、江戸湾へ向かって流れていく。

半刻（一時間）ほど前に止んだとはいえ雨の日の夜のこと、日頃は葦簀《よしず》張りの水茶屋や多数の屋台で賑《にぎ》わう新大橋のたもとあたりも、宵の口から灯《ひ》を落として人影ひとつみえなかった。

闇の中から忽然《こつぜん》と現れた、ふたつの黒い影があった。黒い影は裾《すそ》を乱したふたりの町娘であった。手を取り合うようにして新大橋の橋板を踏みならし駆け上がってくる。

その後を追うように入り乱れた足音が迫った。黒覆面をかぶった数人の男たちだった。

袴《はかま》をはき腰に大小二本の刀を帯びているが、男たちは浪人とおもえた。

「逃さぬ」

追いすがった黒覆面のひとりが小柄《こづか》を引き抜き投げた。

狙《ねら》い違《たが》わず、投じた小柄は逃げる町娘たちの行く手を塞ぐかのように、ふたりの足下近くに突き立った。

立ち竦《すく》み、足を止めた娘たちに黒覆面たちが駆け寄った。

町娘たちを取り囲む。

欄干に追い詰められた二十四、五ほどの町娘が二十歳《はたち》前とおもえる娘を背後にかばった。年嵩《としかさ》の町娘が髪に挿《さ》した平打ちの簪《かんざし》を抜いて逆手に持つ。

黒覆面のひとりが一歩前に出た。

「来てもらおう。抗《あらが》えば、不本意ながら、手荒な真似をせねばならぬ」

頭格《かしら》とみえる黒覆面が、さらに一歩迫った。それにつれて他の黒覆面たちが包囲をせばめる。

年上の町娘を捕らえようと頭格が手をのばした。簪をふるって年上の娘が頭格に突きかかる。身を引いて攻撃を避けた頭格が、

「手荒いことをせねば、いうことを聞いてもらえぬようだな」

とつぶやくと大刀を抜いて峰に返した。黒覆面たちがそれにならう。

睨《にら》みつけた年上の娘が後退《あとじさ》る。二十歳前とおもえる町娘の躰《からだ》が欄干に押しつけられた。

「峰打ちをくれるだけだ。命までとるつもりはない」

頭格が大刀を上段にふりかざした。他の黒覆面が正眼に構えて、間合いを詰める。

「くらえ」

一声吠《ほ》えた頭格が大刀を振り下ろそうとした。

刹那《せつな》……。

風切り音とともに飛来する棒状のものがあった。肩口にぶつかった棒状のものが地に落ちるのと、よろけた頭格がこらえきれずに片膝をつくのが同時だった。その傍《かたわ》らに番傘が一本、落ちている。飛来した棒状のもの、それは番傘であった。

一斉に振り向いた黒覆面たちに声がかかった。

「悪さもそこまでにしな」

歩み寄ってくる黒い影があった。

「邪魔するな。怪我《けが》をするぞ」

黒覆面のひとりがわめいた。

「怪我をするのは、おれとはかぎらないぜ。おまえたちのほうかもしれない」

黒い影は腰に大小二本の刀を帯びていた。歩調をゆるめることもなく歩み寄る黒い影の姿が、朧《おぼろ》なものからはっきりとした形に変わっていった。

黒い影は着流し巻羽織を身にまとっているようにみえた。

その出で立ちに気づいた黒覆面のひとりが声を上げた。

「町奉行所同心のかかわる話ではない。後悔することになるぞ」

同心と呼ばれた男が歩み寄ってきた。不敵な笑みを浮かべたその顔は、北町奉行所与力にして深川《ふかがわ》大番屋支配、大滝錬蔵《おおたきれんぞう》のものであった。

「着流し巻羽織を身につけているからといって、同心と決めつけるのは早とちりというものだ」

「いずれにしても町方がかかわることではない。引っ込んでおれ」

取り落とした大刀を拾いあげて頭格が睨《ね》め付けた。

「ふたりの町娘に峰打ちをくれて気を失わせ、拐《かどわ》かしていこうとする輩《やから》をみすみす見逃すわけにはいかぬ。ごらんの通り、おれは町奉行所の御役人だからな」

ふたりの町娘が声を発することはなかった。固唾《かたず》を呑んで事の成り行きを見守っている。

「邪魔だて無用」

いきなり黒覆面のひとりが斬りかかった。

わずかに身を躱《かわ》した錬蔵の腰のあたりから一筋の閃光《せんこう》が迸《はし》った。

斬りつけた黒覆面が大きく呻《うめ》いて、そのまま前のめりに崩れ落ちた。

「これでも、腕には覚えがある。峰で応じるつもりだが手元が狂うかもしれぬ。覚悟を決めてかかってこい」

大刀を正眼にかまえた錬蔵が一歩、足を踏み出した。

黒覆面たちが後退る。

「どうした。来ぬなら、こちらから行く」

右八双《はっそう》に構え直して錬蔵が黒覆面たちに向かって斬りかかった。

飛び下がった黒覆面のひとりが逃げ切れずに肩口に大刀の一撃を受け昏倒《こんとう》した。

「此度《こたび》も手加減した。次は容赦《ようしゃ》はせぬ。骨の一本や二本は折れるかもしれぬぞ」

再び大刀を正眼に構えた錬蔵が一歩、黒覆面の頭格に迫った。

「引け。引くのだ」

声高に応じた頭格に錬蔵が告げた。

「仲間はどうする。大番屋は眼と鼻の先、引っ捕らえて牢に入れてもよいが」

刀を下段に置いた頭格が怒鳴った。

「担げ。ふたりを担いで連れていけ」

あわてて残る黒覆面たちが気を失ったふたりを担ぎ上げた。

「引け」

後退りながら頭格が下知した。黒覆面たちはふたりの町娘を追ってきた方角とは反対側の、浜町広小路へ向かって走り去っていった。

見送った錬蔵は大刀を鞘《さや》に納めた。

ゆっくりと振り返った錬蔵の顔が、わずかに歪《ゆが》んだ。

どこに失《う》せたか、助けたはずの町娘ふたりの姿がみえなかった。

(面妖な。助けられたふたりにも、人に知られたくない理由《わけ》があったのかもしれぬ)

胸中でつぶやいて錬蔵はゆっくりと歩きだした。落ちている番傘をひろう。頭格とおもえる黒覆面に投げつけた番傘であった。右手に番傘を下げた錬蔵は、小名木《おなぎ》川沿いに建つ深川大番屋へ向かって、ゆったりとした足取りですすんでいった。

二

深川大番屋の表門の前で錬蔵は足を止めた。ふたりの町娘が近くのどこぞで息を潜《ひそ》めて錬蔵の様子を窺《うかが》っているような気がしたからだった。

振り返った錬蔵はゆっくりとあたりを見渡した。

万年《まんねん》橋の手前、小名木川が大川に注ぎ込むところにある柾木稲荷《まさきいなり》の鳥居が黒い影を浮かしている。万年橋の向こう岸、柾木稲荷の対岸に、深川大番屋が深川鞘番所と呼ばれる由縁になった小舟を入れる御舟蔵《おふなぐら》が見えた。

御舟蔵が刀を納める鞘同様、舟を納めるところから、

〈鞘〉

と呼ばれるようになったという説と、深川でよく使われた猪牙《ちょき》舟などの小舟の舳先《へさき》が尖《とが》っており、刀の形に似ていることから、それらの舟を納める御舟蔵が、

〈鞘〉

といわれるようになったという、ふたつの説が巷《ちまた》では流布されていた。

深川大番屋は、その〈鞘〉の近くにあるところから、いつしか、

〈深川鞘番所〉と土地《ところ》の者たちから称されるようになっていた。

雨はすでに上がっている。表門の門柱に番傘を立てかけた錬蔵は、ゆっくりと柾木稲荷へ向かって歩きだした。

町娘たちは、錬蔵が黒覆面と斬り合っている間に姿をくらましている。戦ったのは、それほど長い間ではなかった。斬り合いの途中までは町娘たちが新大橋の橋上で身を竦《すく》めていたのを錬蔵は眼の端にとらえている。身を隠すにしても、それほど遠くには行っていないはずだった。

柾木稲荷の鳥居をくぐり境内《けいだい》へ入って、ゆっくりと見廻った。小名木川から大川に流れ込む水の音が大きい。水かさを増した大川も、さながら濁流の感を呈していた。

境内を一回りした錬蔵は鳥居の前で動きを止めた。

小名木川沿いの河岸道を見つめる。

深川鞘番所の塀がみえた。露地をはさんで紀伊《きい》藩下屋敷の海鼠《なまこ》塀が延びている。その先には小名木川沿いに井上河内守《かわちのかみ》の下屋敷の塀を支える石垣が水中に没していた。井上家の屋敷の裏手は町家が建ち並ぶ常盤《ときわ》町となる。

うむ、と錬蔵は首を捻《ひね》った。町娘たちが逃れたとすると、御舟蔵があり町家がつらなる小名木川沿いの海辺大工町《うみべだいく》の一帯のようにおもえた。

万年橋を渡るべく錬蔵は、悠然と足を踏み出した。

錬蔵はふたりの町娘のことが気にかかっていた。襲っていた黒覆面たちも町道場に居候《いそうろう》している無頼の浪人たちとはおもえなかった。粗末な木綿《もめん》の袴、小袖を身にまとっていたために最初は浪人ではないか、と推量したのだが刃を合わせてみると太刀筋に荒《すさ》んだものがなかった。修羅場馴れした浪人にありがちな、背中から斬りつけるような何でもありの卑怯《ひきょう》なやり口ではなかった。それだけではない。錬蔵が、

「仲間はどうする」

と問うたとき、即座に頭格が、

「担げ」

と配下に命じている。

無頼浪人たちなら我が身第一と考え傷ついた仲間など捨てて逃げ去る。いままで錬蔵が斬り合った無頼浪人たちのほとんどがそうであった。

だからといって錬蔵は、黒覆面たちが江戸詰めのどこぞの藩の武士《さむらい》と決めつけているわけではなかった。

が、ふたりの町娘たちを襲った黒覆面たちを、

（江戸詰めの藩士かもしれぬ）

と疑う理由《わけ》が錬蔵にはあった。

歩をすすめながら錬蔵は疑念の因《もと》となった出来事を思い起こしていた。

この夜、錬蔵は北町奉行所年番方与力、笹島隆兵衛《ささじまりゆうべえ》に呼び出された。笹島は探索の途上、果てた錬蔵の父、軍兵衛《ぐんべえ》の親友だった。軍兵衛亡き後、錬蔵の親代わりとなって何かと錬蔵の面倒をみてくれる人物でもあった。

八丁堀《はっちょうぼり》の屋敷に着いた錬蔵を笹島自らが出迎え、奥の座敷へ招じ入れた。

茶を出しに来た内儀に、

「こみ入った話をする。座敷に近づかないように皆につたえてくれ」

と笹島が告げた。

心得顔で内儀がうなずいた。

襖《ふすま》を閉めた内儀の足音が遠ざかっていく。

その足音が聞こえなくなるまで笹島は口を開こうとはしなかった。

気配が完全に消えるまで待った笹島が、

「錬蔵、突然、呼び出したのには他聞をはばかる相談事があるからだ」

「他聞をはばかるとは」

鸚鵡《おうむ》返しをした錬蔵に笹島が、

「駿河《するが》国田中藩四万石で何やら揉め事が起きているようだ。先日、田中藩江戸留守居家老、村上頼母《たのも》様から呼び出しがかかってな。待ち合わせた浅草の料理茶屋へ出向いたのだ」

「まさか、御家騒動？」

「その、まさかだ。村上様のお話だと、国元においては藩を二分する騒ぎになりつつあるらしい」

「江戸詰めの藩士たちの間にも騒ぎの輪は広がりつつある、ということですな」

「そうだ。事が公になると御家取り潰しなどの大事にいたるかもしれぬ、と村上様は心痛なされておられるのだ」

「些細《ささい》なことから江戸の町中で意見を異《こと》にする藩士たちが刃物三昧《ざんまい》の騒ぎを起こしたりしたら、家中の騒動が一挙に表沙汰になる恐れがありますな」

「そこじゃ。大きな声ではいえぬが、御上の大名方への締め付けは、開府の頃ほどではないが相変わらず厳しいものがある。先年も勅使《ちょくし》接待役を命じられた大名が饗応の宴《うたげ》で腐りかかった煮魚を供し、上様がいたくご立腹なされたそうな」

「摂津《せっつ》国長居三万石、阿部美作守《みまさか》様の一件でございますな。美作守様は即日、隠居を命じられたものの御家は存続し、弟君が藩をお継ぎになられた。が、禄高は一万石に減じられ越後国岩船《いわふね》へ御国替えとの厳しい御沙汰であったと記憶しておりますが」

「三万石から一万石へ減らされたことで、藩では藩士のすべてを岩船につれていくわけにはいかず禄を離れた藩士たちが多数出た、と聞いている。上様の御勘気をこうむっただけでも、この厳しさじゃ。上様お膝元の江戸で御家騒動がらみの喧嘩沙汰を起こしたら、御家取り潰しの裁断が下らぬとはかぎらぬ。そう村上様は仰有《おっしゃ》ってな」

「田中藩の勤番侍たちが藩士同士で争うような場に出くわしたら取り鎮《しず》め、内々に事を処理して、そのことを笹島様にだけお知らせする。そういうことですな」

「すまぬが、そうしてくれ。田中藩の村上様には何かと気遣いしていただいている。借りは返さねばならぬ」

参勤交代で江戸詰めになった勤番侍たちは、江戸の気風に馴染まぬせいか町人たちと些細なことで諍《いさか》いを起こした。町人を居丈高《いたけだか》に無礼討ちなどした勤番侍が町奉行所に取り押さえられ、受け渡しされた藩の目付の裁定で、

「無礼討ちに及ぶような事の成り行きではない」

と判じられ切腹に追い込まれる場合も多々あるのだった。

当然のことながら不埒《ふらち》な行いのあった藩士の処断を藩が先延ばしするようなことがあれば公儀から厳しいお咎《とが》めがある。江戸御府内における勤番侍たちの不祥事は一藩の運命を左右しかねないほどの重みを持っていたのである。

それゆえ、江戸勤番の藩士たちの不祥事を秘密裡に揉み消してもらうべく、各大名家は江戸両町奉行所の与力たちに日頃から付け届けを怠らなかった。与力たちは、そんな大名家からの付け届けを気心のしれた同心たちに分け隔《へだ》てなく配分して勤番侍たちが厄介《やっかい》な事件を起こしたときに備えていた。

「深川は場所柄、諍いの多いところ。気配りいたしましょう」

そう応《こた》えて錬蔵は笹島の屋敷を後にしたのだった。

海辺大工町の通りには、まだ灯《あか》りが点《とも》っていた。蠟《ろう》問屋葭《よし》屋、鰯魚〆粕魚油問屋の伊勢《いせ》屋、明樽問屋平田屋やおこりの妙薬で有名な薬種店の久保里《くぼさと》などの柱看板が闇のなかにぼんやりと浮かんでいる。

御店《おたな》の多いこの通りには、船玉《ふなだま》明神と水神を相社とする玉穂《たまほ》稲荷、深川稲荷、三坪稲荷ともいわれる満穂《みつほ》稲荷、追分《おいわけ》稲荷と商売繁盛を祈願する小社が点在していた。商いのためにやってくる旅人の泊まる料理茶屋を兼ねた旅籠《はたご》も二軒ほどある。

玉穂稲荷などの稲荷社や旅籠など、ふたりの娘が身を隠すことのできる場所はいたるところにあった。

雨上がりのせいか、いつもより、はるかに人通りは少ない。が、それでも錬蔵はふたりの町娘を見いだすことができなかった。

深川、本所の堀川に架かる橋は洪水のときには流されることが多かった。橋の流失を防ぐために両岸に石を積んで、平地よりも五尺（約一・五メートル）から八尺（約二・四メートル）ほど高くして橋を架けた。なかでも高橋《たかばし》は、深川の橋のなかでも一際高く架けられ町家の屋根ほどの高さがあった。高橋の名は、その高さゆえ名づけられたものだった。

その高橋が小名木川を跨《また》いで闇空のなかに黒い影を浮かせている。見上げて錬蔵は、ゆっくりと踵《きびす》を返した。

高橋を渡っても深川大番屋へもどることはできる。が、錬蔵は、もう一度、海辺大工町の通りを見廻ってみようという気になっていた。錬蔵が黒覆面たちの動きから感じとった、無頼の浪人たちではない、との推量をたしかめたかったからだ。そのためにも町娘たちを見つけ出し、その関わりを問い糺《ただ》したいとの強いおもいに錬蔵は囚《とら》われていた。

万が一にも黒覆面たちが田中藩の江戸詰めの藩士たちだとしたら、あまりにも無謀な動きといえた。将軍家お膝元の江戸御府内で御家騒動がらみの騒ぎを起こした、となれば幕閣の追及は厳しさを増すはずであった。

その結果、田中藩お取り潰しの裁断が下り、禄を離れた藩士たちが浪人となって町々へ流れ出るは必定《ひつじょう》だった。なかには暮らしのたつき欲しさに無頼浪人となり悪の道にのめり込む者たちも多数出るに違いない。江戸の繁華を極める町々に、それらの無頼浪人たちが集まってくるのは目に見えていた。

いまの江戸両町奉行所の手勢では江戸御府内を取り締まるにはあきらかに手薄であった。ただでさえ満足な取り締まりが行えないところに田中藩が取り潰され浪人が溢れたとしたら、どうなるか考えるまでもなかった。笹島の懸念も、そこにあった。

江戸の町々はもちろん深川に棲《す》み暮らす者たちの安穏《あんのん》を守るためにも錬蔵は田中藩の藩士たちの暴走を許すわけにはいかなかった。

御家騒動が表沙汰にならぬよう封じ込める。

それが最良の策、と錬蔵は考えている。

左右に目線を走らせながら錬蔵は亀の歩みですすんでいった。

「どこへ姿をくらましたのか、どこにも溝口《みぞぐち》さんの臭いがねえ。深川から出ていったとしかおもえねえんで」

そういって安次郎《やすじろう》が首を捻った。

「それはあるまい」

三

応えたものの錬蔵に確たる自信があるわけではなかった。

深川大番屋詰め同心、溝口半四郎《はんしろう》が抜け荷の一味のお千代《ちよ》の亡骸《なきがら》を抱きかかえて、いずこかへ立ち去ってから、すでに十日は過ぎている。お千代は、溝口が北町奉行所の定町廻り同心として持ち場の下谷《したや》界隈を見廻っていた頃、悪徳高利貸しにいたぶられていた一家を助けたことから知り合った娘であった。お千代一家との付き合いは八年前に溝口が深川大番屋詰めを命じられて深川へ赴《おもむ》くまでつづいた。

しばらく途切れていたふたりの付き合いが再度、始まったのは、嵐のあけた洲崎《すさき》の浜に打ちあげられていた弟、定吉《さだきち》の死骸の傍らに坐ったまま動かないお千代の姿を、見廻りに出た溝口が見かけてからであった。

色仕掛けともみえる積極さで溝口に近づいてきたお千代は、一味が催《もよお》す抜け荷の競《せ》りの集まりの日時をそれとなく溝口に告げ、それがきっかけとなり一味壊滅に至ったのだった。が、捕物のさなか、溝口を匕首《あいくち》で刺し、無理心中を仕掛けたお千代は、溝口の迷いを解くべくふるった錬蔵の一刀で斬り伏せられる。

「お千代は抜け荷の一味。さまざまな悪事にも加担している。いずれ斬首の刑に処せられる身。お千代の骸の始末は溝口、おまえにすべてまかせる。科人《とがにん》の骸を勝手に扱ったことについて咎めがあれば、おれが一身に、その責めを受ける。これが、深川大番屋支配のおれがかけうる、せめてもの情け」

そのことばをかけた夜が溝口の姿を見た最後となった。

目を閉じれば瞼《まぶた》の奥に、お千代を両手に抱きかかえて歩き去る溝口半四郎の後ろ姿がまざまざと浮かび上がってくる。

海辺大工町の見廻りを終え深川大番屋にもどった錬蔵を長屋で安次郎が待ち受けていた。

すでに深更である。

朝から聞き込みに出かけていた安次郎は眠そうな眼をこすりながら板敷の間に坐っていた。表戸を開けて入ってきた錬蔵をみかけて腰を浮かし、いったものだった。

「旦那、申し訳ねえ。今日も手がかりなしでして」

「そうか」

と錬蔵は短く応えた。

「奥の座敷で話を聞こう」

と板敷へ上がり、先に立って歩いていった。

いま、その座敷で錬蔵と安次郎は向かい合って坐っている。

「旦那、もしも、もしもですよ。溝口さんがこのまま見つからなかったら、溝口さんの、同心としての職責はどうなっちまうんでしょうかね。このまま、病のため、しばし休職、というわけにはいかないんじゃねえんですかい」

うむ、と錬蔵が黙り込んだ。

腕を組む。

たしかに安次郎のいうとおりだった。

しばしの沈黙が流れた。

「こりゃ、余計なことをいっちまった」

苦笑いを浮かべて安次郎が平手で自分の額を、ぴしゃり、と打った。

その、安次郎のおどけた所作が、その場に流れかけた重苦しい空気を振り払った。

「いずれ、それなりの始末はつけねばなるまい」

応えた錬蔵が安次郎を見やって、つづけた。

「まずは溝口の所在を突き止めるが先だ。幸いなことに、探索に乗りださねばならぬほどの大事も起きてはおらぬ。すまぬが明日も溝口の行方を追ってくれ」

「そうしやす。ところで前原《まえはら》さんの方は、どういうことになっているんで」

やくざの用心棒をたつきの手立てとしていた前原伝吉《でんきち》には、深川のやくざたちに、溝口の行方について、さりげなく聞き込みをかけるよう命じてある。これまでのところ、何の手がかりも摑めていなかった。

「前原も安次郎と同様の有り様でな。溝口の姿を見かけたやくざ者はひとりもいないのだ」

「そうですかい。溝口さんの気持もわからないでもねえが、たとえ一筆でもいい、無事をしらせる、何らかのつなぎがあってもいいんじゃねえかと。ちょっと気儘《きまま》が過ぎますぜ、しようがねえな」

袖をめくって腕をさすった。安次郎が焦《じ》れているのが、その仕草から推測できた。

「溝口さんの気持がわからないでもねえ」

そのことばを裏付ける過去《むかし》が安次郎には、あった。安次郎もまた、

〈命賭けても添い遂げる〉

と共に誓い、恋女房になるはずだったお夕《ゆう》を亡くしている。惚れ合った女を失った哀しみは身に染みるほどわかっている安次郎であった。

わずかの間があった。

顔を安次郎に向けて錬蔵が告げた。

「ひとつ気がかりなことがあるのだ。明日は海辺大工町あたりから見廻りを始めてくれ。ふたり連れの町娘を見かけたら後をつけてほしいのだ。どこへ行くか、たしかめてくれ」

「どんな人相風体《ふうてい》で」

「ひとりは二十代半ば、ひとりは二十歳前といったところだ。顔立ちは、ふたりとも、なかなかの美形だ。二十代半ばは細面、二十歳前は愛らしい丸顔だった」

「細面に丸顔の美形ですかい。それじゃ、まるで狐と狸だ。まさか旦那、美女に化けた狐狸《こり》に騙《だま》されたんじゃねえでしょうね」

軽口で安次郎が応じた。

「ふたりを取り囲んでいた黒覆面たちと刃物三昧の仕儀に至ったのだ。狐狸の仕業とは、とてもおもえぬ」

笑みを含んで錬蔵が応えた。眉をひそめて安次郎が身を乗りだした。

「斬り合ったんですかい。そいつは尋常じゃねえ。話を聞かせてくだせえ」

「大番屋へ帰るべく新大橋を渡ってきたとおもってくれ。そこで、おれは」

語り出した錬蔵の話に安次郎がじっと耳を傾けている。


翌朝、五つ（午前八時）前に錬蔵は用部屋にいた。

そろそろ前原が顔を出すはずであった。前原は、もとは錬蔵配下の同心だった。が、妻女が渡り中間《ちゅうげん》と不義密通して逐電《ちくでん》したことを恥じて、

〈一身の都合により職を辞す〉

としたためた封書を北町奉行所の錬蔵の文机《ふづくえ》の上に残し、姿を消したのだった。

ふたりの再会は、まさしく偶然の為せることといえた。

懇意にしていた米問屋の米買い占めの不正を暴いたことに激怒し、錬蔵を憎悪した北町奉行は、

〈無法が罷《まか》り通る土地柄〉

と江戸両町奉行所の与力、同心たちが恐れ、出来うる限り近づかぬようにしている深川に設けられた深川大番屋の支配役に任じた。

左遷《させん》同様に深川大番屋支配の任に就いた錬蔵は、忍び姿で見廻りに出た先で諍いを起こした。敵方のやくざ一家の用心棒として錬蔵と対峙したのが前原伝吉であった。

「用心棒代は返す。このお方が相手では命が幾つあっても足りぬ」

と立ち去った前原が住み暮らす裏長屋を探し当てた錬蔵は、

「今一度、おれの下で働く気はないか」

と誘った。考え、悩み抜いた末に前原は錬蔵の誘いに応じたのだった。

が、前原の立場は同心ではなかった。安次郎同様、錬蔵の手先、下っ引きという立場であった。

その立場でも前原は黙々と務めに励んでいる。裏表ない働きぶりに、

〈ただ有りがたいこと〉

と、つねづね胸中で頭を下げている錬蔵だった。

声をかけて入ってきた前原が錬蔵と向き合って坐った。表情が硬い。溝口の行方をたどる手がかりのひとつも得られていないことが、その顔つきからも推断できた。

「いまだ、雲は晴れず。そうみたが」

「如何様《いかさま》。どこへ失せたか、溝口殿の姿をみかけた者はひとりもおりませぬ」

「そうか」

視線を落とした錬蔵に前原が、

「安次郎の方も手がかりがないようですな」

と問いかけた。

「溝口半四郎、どこへ失せたか、皆目、見当がつかぬ」

応えた錬蔵に、

「溝口殿の扱いは、病のため休職、となっているようですが、それも本人直筆の届出書が提出されねば長くは引き延ばせないはず。このまま行く方が知れねば御奉行からのお咎めがあるは必定。そのことは溝口殿も、おおよその推察はできるはず。なぜ姿を現さぬのか、合点がいきませぬ」

うむ、と錬蔵がうなずいた。ややあって、独り言《ご》ちるようにいった。

「まだ迷うているのかもしれぬ」

「迷うているとは、何を迷うて」

いいかけて前原が口を噤《つぐ》んだ。前原もまた、迷いのなかで長い時を過ごしたことがあった。

しばしの沈黙があった。

口を開いたのは前原だった。

「おのれがつくりだした迷いに縛られている。いまの溝口殿の有り様は、そんなところか、と。ただ」

「ただ、何だ」

「私ごとで申し訳ありませぬが、いま振り返ってみれば、かすと名乗って用心棒稼業でたつきを得ていたころは、ただ迷いに酔い痴《し》れていただけではなかったか、と」

「迷いに酔い痴れていた、と申すか」

「迷うことに酔い痴れる。迷うている間は、おのれを厳しく見つめ直すことはありませんでした。『子供たちをかすの子として育てていくつもりか』との御支配のおことばに眼が醒《さ》めるおもいがいたしました、ただし、これは私の場合にのみいえることかもしれませぬが」

「迷いに酔い痴れている、か」

つぶやいて錬蔵は、黙り込んだ。

（そうかもしれぬ）

との強いおもいが錬蔵のなかにある。

眼を向けて錬蔵が告げた。

「前原、無駄を承知で、いましばらく溝口の行方を追ってくれ。溝口は深川のどこぞで向後どうすべきか迷っている。なぜか、おれは、そんな気がしてならぬのだ。もっとも、何の裏付けもないことなのだが」

「もとより、そのつもりでございます」

決意を秘めて前原が顎を引いた。

四

万年橋のたもと、御舟蔵の前に二挺の町駕籠が置いてある。傍らで駕籠舁《かき》が四人、顔見知りらしく親しげにことばをかわしていた。

海辺大工町を見廻るべくやってきた安次郎は駕籠舁たちを見やって首を捻った。道行く人が声をかけてくるのを待っているとは、とてもおもえなかった。いかにも、のんびりした顔つきで話に夢中になっている。駕籠舁たちは通りを行き交う人たちには見向きもしていなかった。

茶屋で馴染みの遊女と一晩を明かした御店の主人が朝帰りするために町駕籠を呼んだにしては、駕籠の待っている場所が、いささか違いすぎるような気がした。

足を止めた安次郎は、昨夜、錬蔵から聞かされたふたりの町娘のことをおもいだし

た。二挺の町駕籠とふたりの町娘。二挺とふたり、二という数の一致が安次郎に、

(二挺の駕籠はふたりの町娘を拐かして乗せるために、あらかじめ手配されたものではないのか)

との疑念を抱かせた。

あらかじめ手配りされたものなら別の場所にも町駕籠を二挺、待たせてあるかもしれない。そうおもった安次郎は町駕籠を横目にみて御舟蔵から大川沿いの河岸道へ出た。霊雲院《れいうん》の山門のあたりで、安次郎は、再び、足を止めた。

上ノ橋のたもと近くにある自身番の脇に町駕籠が二挺、くつろいだ様子の四人の駕籠舁とともに見てとれた。

万年橋に上ノ橋、ふたつの橋のたもとにそれぞれ二挺の町駕籠と四人の駕籠舁が控えている。

偶然とはおもえなかった。安次郎は、さらに歩みをすすめた。上ノ橋から中ノ橋まで、さほどの距離ではない。

三度も偶然が重なるとは、おもえなかった。中ノ橋の近くに二挺の町駕籠と四人の駕籠舁が見えたら、どこぞの誰かが何らかの目的があって手配したものと推断するべきであった。

佐賀町の町家が通りの両側に建ちならんでいる。つらなる町家のなかほど、中ノ橋が見えるあたりまでやってきた安次郎は足を止めた。

凝然《ぎょうぜん》と見つめる。

その視線の先、中ノ橋のたもとに二挺の駕籠と四人の駕籠舁が見えた。

二挺の駕籠は何らかの意図をもって何者かが手配したものに違いなかった。

二挺の町駕籠は拐かした町娘ふたりを人目に触れぬよう、いずこかへ連れ去るための道具。そう判断した安次郎は踵《きびす》を返した。

町娘ふたりを黒覆面たちが襲い、いずこかへ連れ去ろうとしていたところを、たまたま錬蔵が通りかかって目の当たりにしている。ふたりの町娘に何かいわくがあるのはあきらかだった。安次郎に、

「まず海辺大工町あたりから見廻ってくれ」

と命じたのは、長年の探索で培《つちか》ってきた錬蔵の勘が働いたからであろう。

今となっては上ノ橋から中ノ橋へと足をのばしたことを安次郎は悔やんだ。が、すぐに、怪しげな町駕籠二挺と駕籠舁四人を三組も見つけたからこそ、疑念が確信めいたものに変わったのだ、と思い直していた。

焦る気持が、いつのまにか安次郎を急ぎ足から小走りへと追い立てていた。

御舟蔵のそばにある二挺の町駕籠を見いだしたとき、安次郎は走るのをやめた。町駕籠が動いていないということは何事も起こっていない、という意味に通じる。

足を止め、大きく息を吐き出した安次郎はゆっくりと歩きだした。

もとは舟大工が多く住んでいたことから海辺大工町と名づけられたこの町には、かつては舟造りの作業場として使われたのではないかとおもわれる一角が何ヶ所か残っていた。造った舟を滑らせて川に進水させやすくするためか、削《けず》ってある土手の一端がなだらかな斜面となって水辺までのびている。その削られた土手が、いまは鰯《いわし》の干し場になっていた。

その干し場から積み込んできたのであろう。干し魚を載せた荷車を引いて干し魚問屋へ運ぶ人足たちと、得意先へでも向かうのであろうか風呂敷に包んだ荷を背負った御店者たちとが行き交っている。

海辺大工町は遊里の多い深川のなかでは珍しい、干し魚や薬、樽などを商う御店がつらなる一帯であった。

通りの左右に目線を走らせながら安次郎は御舟蔵を背に亥《い》ノ堀へ向かってすすんでいった。

と……。

血相変えて走ってきた武士が危うく安次郎とぶつかりそうになった。横っ飛びに逃れた安次郎には見向きもせず、武士は一直線に突っ走っていく。木綿の小袖に袴という出で立ちからみて、どこぞの藩の江戸勤番の武士とみえた。

「端《はな》から町人が避けるものだと決めつけていやがる。これだから勤番侍は江戸の作法に馴染まない、と陰口を叩かれるんだ。粗野で横柄で、やけに武士《さむらい》風ばかり吹かせやがって、早く江戸から出ていきやがれ」

悪態をつきながら見やった安次郎の眼が細められた。

凝然と見据える。

御舟蔵の前で武士が駕籠舁に何事か命じている。慌てた様子で駕籠舁たちが駕籠を担いだ。駕籠の前を道案内代わりに武士が走りだした。安次郎のいる方へ二挺の駕籠が向かってくる。

駕籠が必要となる何事かが起こったのはあきらかだった。安次郎は、とっさに、

（駕籠をつける）

と決めた。駕籠の行った先には、ふたりの町娘がいるに違いない、とも推断していた。

二挺の駕籠が安次郎の目の前を通りすぎていく。やりすごした安次郎は小走りに駕

籠の後を追った。

駕籠は右手へ曲がっていく。その道は建ちならぶ町家のなかほどに道分け稲荷、町家を数軒はさんで臨川寺《りんせん》、突き当たりの左手前に本誓寺《ほんせい》と寺院のつづく一帯であった。

駕籠を追って曲がった安次郎の眼に、道分け稲荷の赤い鳥居を背に取り囲んだ数名の武士たちと睨み合う二十代半ばとみえる娘の姿が飛び込んできた。

二十代半ばの娘が何かを逆手に持って構えている。手にしているのは平打ちの簪とおもえた。その娘の背後に怯《おび》えた顔つきの二十歳前の町娘が立っている。年上の娘が、その娘をかばっているのはあきらかだった。

駕籠舁が取り囲んだ武士たちの背後に駕籠を置いた。駕籠が着いたのを見届けた頭格とおもえる武士が掲《かか》げた手を振り下ろした。

それを合図に残りの武士たちがふたりの町娘に襲いかかった。

武士たちが大刀を抜くことはなかった。生け捕りにする気なのだろう。包囲の輪を一気に詰めていった。

武士たちが一斉に娘たちに摑みかかった。二十代半ばの町娘が振り払うように手にした簪を振り回した。武士のひとりが傷ついたのか左手を押さえて顔をしかめた。

不思議なのは、町娘たちも武士たちも一言のことばも発しようとしないことだった。

その光景に安次郎は奇異なものを感じていた。声を出して目立ってはまずい理由が双方にあるに違いない。

再び武士たちが包囲の輪を縮めていった。

眼がぎらついている。

多少、手荒いことをしても捕まえる、と腹をくくった顔つきであった。

もう少し様子を見るつもりでいた安次郎だったが、事の成り行きからみて動かざるを得なくなった。

武士たちが襲いかかろうと身構えた。

その瞬間……。

「女ふたりを相手に何をしてやがるんでえ」

安次郎が鋭い声をかけた。

武士たちが一斉に振り向く。

ゆっくりと歩み寄りながら安次郎がいった。

「拐《かどわ》かして女郎にでも売り飛ばす魂胆《こんたん》かい。無頼がすぎるぜ、ご浪人さんたちよう」

頭格が向き直って低く告げた。

「邪魔立ては許さぬ。下手にかかわれば怪我をすることになる」

大刀を抜いた。残る武士たちも大刀を抜きはなった。

駕籠舁たちが慌てて駕籠の後ろへ身を隠した。

不敵な笑みを浮かべて安次郎が懐《ふところ》に手を入れた。

「やる気かい。朝っぱらから命のやりとりとは穏やかじゃねえが役目柄、見逃すわけにはいかねえんだ。相手をさせてもらうぜ」

懐から十手を抜き出した。

見咎めて頭格が吠えた。

「町奉行所の手の者か」

「おとなしく引き上げるこったな。ご浪人、と呼びかけたのは、おれの情けだ。どこその藩の勤番侍が寄ってたかって娘ふたりを拐かそうとしていることが表沙汰になったら、ただじゃすまねえんじゃねえですかい」

「拐かす気はない」

「あらかじめ駕籠を何挺も手配してるんだ。拐かす気がないとはいわせねえぜ」

声高にいうなり安次郎が十手を振りかざして武士たちのなかに躍り込んだ。

包囲の輪がふたつに割れて武士たちが左右に散った。

ふたりの娘を背後にかばって安次郎が声を高めた。

「この深川で、てめえら二本差しに勝手な真似はさせねえ」

「面倒だ。手早く片付けろ。後の始末はどうとでもなる」

頭格がわめいた。武士たちが一斉に安次郎に斬りかかった。

武士の大刀を十手で受けた安次郎は躰を寄せて肘で鳩尾《みぞおち》を打った。

呻いて武士がよろける。

「一斉に斬りかかれ」

頭格が怒鳴った。

武士たちが三方から斬りかかった。

十手で安次郎が大刀を受けて弾き返した。躰を半回転させながら次の攻撃を避けた安次郎は、襲いかかる次の大刀を十手で押さえ込んだ。そのまま躰の向きを変える。斬りかかろうとした武士との間に大刀を十手で押さえ込んだ武士の躰をはさみ込む格好となった。

ふたりの娘の躰は予想外の動きをみせた。安次郎の背後に寄り添うようにして逃げまわる。足の運びに無駄がなかった。武術の心得があるのかもしれない。

が、安次郎が娘たちの動きに気づくことはなかった。間断なく斬りかかる武士たちの太刀先を防ぐのに必死だったからである。

焦れたのか頭格が一跳びに斬りかかった。鋭い太刀筋だった。紙一重の差で身を躱《かわ》した安次郎の小袖の袖口が切り裂かれていた。

「野郎、やりやがったな」

十手を逆手に持ち、顔の前に置いた。

「皆で一気に突きかかるのだ。それで始末がつく」

頭格が鋭く告げた。

武士たちが大刀を前に置いて突きの構えをとった。

一歩迫る。

十手を身構えた安次郎が後退った。背後に寄り添うふたりの町娘も安次郎につられて後退る。

じりっじりっと、包囲の輪を縮めて武士たちが迫った。

十手を構えた安次郎は武士たちの動きの一挙手一投足をも見逃すまいと油断なく視線を注いだ。武士たちの誰かに隙《すき》があれば、一気に躍り込み包囲の輪を崩そうとおもったからだ。

が、武士たちのなかに隙を見出すことはできなかった。

〈万事休す〉

無意識のうちに安次郎は奥歯を嚙みならしていた。

五

武士たちが突きかかろうとしたとき、突然、包囲の一角が崩れた。

ひとりの武士が前のめりに倒れ込んだのだ。背後から蹴り飛ばされたかのような動きだった。

体勢を崩した武士が力なく突き出した大刀を安次郎が十手で叩きおとした。

陣形が崩れたことで武士たちの動きが、一瞬止まった。

その虚をついて雲水《うんすい》笠をかぶり墨染めの衣を身にまとった雲水が武士たちのひとりの背に体当たりした。ぶつかりながら雲水は突き倒した武士の手から大刀を奪い取っていた。

躍り込むように包囲の輪のなかに身を置いた雲水は、安次郎たちを背後にかばって武士たちと対峙した。

「助っ人してくだすって、ありがてえ。坊さん、恩に着るぜ」

十手を構え直して声をかけた安次郎に雲水が応えた。

「安次郎、おれだ」

その声に覚えがあった。

「まさか、坊さんは」

雲水が笠の端を片手で持ち上げた。

ちらり、と眼を走らせた安次郎の顔に驚愕《きようがく》が浮いた。

「溝口さん」

「できれば素知らぬ顔で通りすぎようとおもったのだが、そうもいかぬからな。出しゃばってきた」

にやり、として溝口が応えた。

「出しゃばってくれて、ありがてえこと、この上なしだ。実のところ、どうなることかと胆を冷やしてたところですぜ」

「打って出て、逃れるぞ」

「わかりやした」

背後を見返ることなく安次郎が町娘たちに声をかけた。

「離れるんじゃねえぜ」

ふたりの町娘が無言で大きくうなずいた。

おもわず安次郎は横目で、町娘たちを見た。返事が聞こえなかったからだ。

再び、ふたりが大きくうなずいた。

「ちゃんと声に出して応えてくんな」

その安次郎のことばが聞こえたかどうか。町娘たちは、再度、大きく顎を引いていた。

舌を鳴らして安次郎が独り言ちた。

「口がきけねえわけでもあるまいに、何てこったい」

大刀を峰に返して溝口がいった。

「行くぞ」

「動くぜ」

振り返ることなく町娘たちに声をかけた。

町娘たちがうなずく気配がした。

裂帛《れっぱく》の気合いを発して溝口が斬って出た。受けた武士たちと激しく斬り結ぶ。溝口が、ひとりの腕を打った。大刀を落とした武士が上腕を押さえて後退る。

頭格が安次郎に斬りかかった。十手で受けた安次郎が頭格の足を蹴った。避けきれず、痛みに呻いた頭格がよろけながらも後ろへ逃れた。

「喧嘩だ」

「坊主がさんぴん相手に、刀を振り回してるぜ」

斬り合いに気づいたのか、町家から出てきた野次馬たちの声があがった。

見やった頭格が、

「まずい」

と顔をしかめた。

「引き上げろ」

その声に武士たちが一斉に背中を向けた。ふたりが慌てて地面に落とした大刀を拾って後を追った。駕籠舁たちも駕籠を担いで逃げだしていた。

遠ざかる武士たちに向かって、

「忘れ物だ」

大刀を投げ捨てようとした溝口が動きを止めた。

「人斬り包丁を道に捨てるわけにはいかないな。拾った奴が人殺しでもしたら面倒だ」

大刀を安次郎の前に差しだし溝口が、

「物騒な代物、御上の御用を務める安次郎に預けたほうがよさそうだな」

浅く腰を屈めて安次郎が応えた。

「そいつは御勘弁願います。何のつもりで雲水の出で立ちをしていらっしゃるのか、あっしにはわかりかねますが、その刀は直接、溝口さんから大滝さまにお渡しくださいまし。それが筋というもので」

あえて安次郎は錬蔵のことを、

〈御支配〉

とは呼ばなかった。町娘たちの耳がある。駕籠まで手配して襲った武士たちの動きからみて、何かいわくがあるふたりであることはあきらかだった。

「そいつは困った。まだ、おれは、働く気が湧いてこぬのだ」

泣き笑いに似た笑みを溝口が浮かべた。

「そいつは気儘が過ぎるというもので。あれから、もう十日以上、たっておりやす」

「十日以上、になるか。まるで昨日のことのようだ」

遠くを見る眼差しとなって溝口がつぶやいた。

様子からみて溝口のこころはまだ癒《い》えていないようだった。

かけようとしたことばを安次郎は呑み込んだ。いまの溝口の気持が痛いほどわかる安次郎であった。

わずかの間があいた。

「あの、お聞きしたいことがあるのですが」

ふたりの話が途切れるのを待っていたかのような遠慮がちな町娘の口調だった。

振り向いた安次郎が軽口を叩いた。

「何でえ、口がきけるじゃねえか。だんまりを決め込んでるから話せないんじゃねえかとおもってたよ」

「助けていただいたのに返答もせず申し訳ありませんでした。口をきけば、言葉づかいでかえって疑われるとおもいまして」

二十代半ばの娘が恐縮したように頭を下げた。町育ちの娘の言葉づかいではなかった。

武家の育ちに違いない。そう安次郎は推断した。

「なあるほど、言葉づかいでね。何かわけあり、と睨んではいたが」

「わたしたちのことは後ほど詳しくお話しいたします」

「そうしたほうがよさそうだ。ここでは人目がある。聞きたいことって何でえ」

「揺海寺《ようかい》という寺をご存じでしょうか」

「揺海寺？」

首を傾げた。安次郎には馴染みのない寺の名だった。

横から溝口が口をはさんだ。

「知っている。住職は行心《ぎょうしん》と仰有る。小さな本堂に数間しかない庫裏《くり》。境内もせまい庵《いおり》に毛の生えた程度の目立たぬ寺だ」

「どこにあるか教えてくださいませ。行心さまをお訪ねしたくて、昨夜から深川を歩きまわっておりました」

二十代半ばの娘が応じた。町娘ふたりの顔に安堵がみえた。

「住職とはお知り合いで」

傍らから安次郎が問いかけた。

「昔からの存じ寄りでございます」

二十代半ばの娘が応えた。

「案内しよう。実は、おれが居候《いそうろう》させてもらっている寺が、その揺海寺でな。托鉢に出たばかりだが後から出直せばよいこと、参りましょう」

大刀を右手に下げて溝口が背中を向けた。

先に立って歩きだす。

ふたりの町娘と安次郎がつづいた。

揺海寺は眼と鼻の先のところにあった。道分け稲荷から小名木川沿いの道に出て、銀座御用屋敷の先を右手に入ると一蝶《いっちょう》寺、観音《かんのん》寺、法禅《ほうぜん》寺、雲光院など寺院の集まる一帯となる。その一角に揺海寺はあった。

揺海寺の表門を見上げて安次郎がいったものだった。

「法禅寺の境内を切り取ったように建てられている。あっしは、いままで法禅寺の末社とばかりおもっていましたよ」

苦笑いして溝口がいった。

「寺は小さいが行心様は慈愛深いお方だ。そばにいるだけで、おれのこころが安らぐ」

穏やかな笑顔を溝口が向けた。安次郎がかつて見たこともない屈託のない、それでいて、どこか寂しげな溝口の微笑みだった。

ことばをかけようとして安次郎は口を噤んだ。かけることばが浮かばなかった、というべきかもしれない。

寂しげな溝口の微笑みが安次郎に亡くした恋女房のお夕のことを思い起こさせた。

「参ろう」

ふたりの町娘に声をかけて溝口は潜り口へ手をかけた。


「和尚《おしょう》、お客人を案内してきた」

本堂の濡れ縁のそばに立って雲水笠をとった溝口が声をかけた。髪の手入れをしていないのか月代《さかやき》は伸び放題だったが髷をおとしてはいなかった。溝口には、出家する気はないようにおもえた。

「溝口さんか。客人を連れてくるとは世捨て人には迷惑な」

ぼやきながら板戸をあけた行心の眼が大きく見開かれた。

「菊《きく》。登代《とよ》も一緒か。いったいどうしたというのだ」

菊と呼ばれた年下の娘が声を上げた。

「叔父上、大変なことが起こっております。お力添えを、お力添えをお願いいたします」

必死さが、その声音に籠もっていた。

手で菊を制して行心が告げた。

「話は本堂で聞こう。上がりなさい」

顔を向けて、つづけた。

「溝口さん、話の次第によっては助力を願うことになるかもしれぬ。今日は托鉢に出ずに声をかけるまで庫裏で控えていてくれぬか」

「承知しました。お千代の墓など参って庫裏に入ります」

「そうするがよい。お千代さんも喜ぶじゃろう」

笑みを含んで行心がいった。

揺海寺の境内の一隅にそれはあった。

土饅頭《どまんじゆう》の上に黒く塗られた人の頭ほどの大きさの丸い石が置いてある。

前に立った安次郎が訝《いぶか》しげに顔をしかめた。

「これがお千代さんの」

肩を並べた溝口が応えた。

「そうだ。お千代の墓だ」

「なんで石を黒く塗られたんで」

「行心様は『科人であろうとかまわぬ。命果てれば、現世の罪は消える。墓石に名を刻んでやりなされ』と仰有ったが、後々、お咎めがあるかもしれぬ。そうなっては行心様に迷惑がかかることになる。お千代の墓を参るのは、おそらく、この世ではおれひとりだろう。おれひとりがお千代の墓とわかればよい。そうおもってしたことだ」

「行心和尚の仰有るとおりだ。あの世へ旅立った者に現世のことはかかわりねえ。あっしもお千代さんの墓参り、させてもらいますぜ」

膝を折った安次郎が手を合わせた。溝口も膝を折り、合掌した。

祈り終えた安次郎と溝口が立ち上がったとき、声がかかった。

「溝口さま、行心さまがお呼びです」

ふたりが見返ると、近くに登代が立っていた。

「あんたか。何か大事が起きたようだな」

問いかけた溝口に登代が、

「本堂でお待ちになっておられます。溝口さまに頼るしかあるまい、との行心さまのおことばです」

「おれに頼る、か」

首を傾げた溝口に安次郎が、

「それじゃ、あっしはこれで。大滝さまへの口止めはお断りしますぜ。溝口さんが揺海寺にいらっしゃることを、これから大滝さまにお知らせするつもりでおりやす」

「やむを得まい。数日中に必ず顔を出す、とつたえてくれ」

「承知しやした」

浅く腰をかがめて安次郎が踵《きびす》を返した。


揺海寺の潜り口から出てきた安次郎は、立ち止まって首を傾げた。

人の気配を感じたからだ。

ゆっくりと周りを見渡す。

人の気配は感じられなかった。

「気のせいか」

独り言《ご》ちて安次郎は歩き始めた。

その後ろ姿を揺海寺の塀屋根から顔を出して、ふたりの武士が見据えている。塀屋根の境内側に身を伏せて潜んでいたのだろう。登代と菊を襲った武士たちのなかにいたふたりだった。

逃げたと見せかけて溝口たちが揺海寺へ入るまでつけてきたに違いなかった。

去りゆく安次郎の姿が遠ざかったのを見届けたふたりは塀屋根から身を起こした。

通りに飛び降りる。

左右を見回し、人目のないのをたしかめたふたりは、何事もなかったかのように、肩を並べて歩きだした。

二章　無道賊徒《むどうぞくと》

一

深川大番屋の用部屋で錬蔵は向き合って座した安次郎の復申に聞き入っている。海辺大工町で胡乱《うろん》な動きをする武士と二挺の駕籠の後をつけた安次郎は町娘ふたりを見つけ出した。娘たちは武士たちに襲われていた。そんな娘たちを助けるべく割って入った安次郎だったが多勢に無勢、窮地に陥《おちい》った。そこに助勢する者が現れた。雲水に身を変えていたが加勢した者こそ溝口半四郎だった。武士たちを蹴散らした後、溝口たちとともに揺海寺へ向かうことになった経緯《ゆくたて》を一気に話し終えた安次郎に錬蔵が問うた。

「溝口は数日中に大番屋へ顔を出す、といったのだな」

「この耳で、そう聞きやした」

応えた安次郎に錬蔵が、

「武家娘が町娘に姿を変えていた。そうおもわれるのだな」

「娘たちにたしかめたわけじゃありませんが、まず間違いないかと」

「武家娘が町娘に変装する。成り行きからみて物見遊山《ゆさん》で深川へ来たとは、とてもおもえぬ」

独り言ちた錬蔵は目線を空に浮かせて黙り込んだ。

顔を向けて告げた。

「安次郎、書庫部屋へ行って揺海寺について調べて来てくれぬか」

「あっしがですか。動きまわるのは苦にならねえが、じっと一所《ひとところ》に坐って読み書きするってのは、どうも苦手で。背中がむずむずして我慢できなくなるんでさ」

露骨に安次郎が厭《いや》な顔をした。

「他に人手もない。仕方なかろう」

「しょうがねえな。行きますよ。厭なことは、さっさと終わらせる。それが一番ですからね。よいしょっと」

いつもの身軽さとうってかわって安次郎がのっそりと立ち上がった。

〈武家娘が町娘に姿を変えていた〉

そのことの持つ意味を錬蔵は読み取ろうとしていた。笹島隆兵衛から聞かされた田中藩の御家騒動と何らかのかかわりがあるような気がしてならない。いまとなってはもう少しくわしく田中藩のことを聞いておくべきだった。そんなおもいが湧いてくる。

昨夜、斬り合った武士は、安次郎が助けたふたりの娘を襲った武士たちの仲間であることは、まず間違いなかった。

揺海寺が田中藩とかかわりがあるとすれば、御家騒動がこの深川の地に飛び火してきた恐れも出てくる。

文机に置かれた名主たちからの届出書を錬蔵は手に取った。

名主の管轄する町内に誰それが引っ越してきた、誰それが姿を消した、夜逃げ同然だったので行く先は不明、などといった町人の出入りの届出書であった。届け出された書付をみるかぎり深川で兇悪な事件は起きていないようだった。

黙々と錬蔵は書付の処理をつづけた。

深川大番屋詰めの同心、松倉孫兵衛《まつくらまごべえ》、八木周助《やぎしゅうすけ》、小幡欣作《おばたきんさく》たちの復申書には、

〈このところ、深川に異変の種も見当たらず。平穏なり〉

と判で押したような文言が書き連ねてある。

小半刻（三十分）ほどして安次郎が用部屋へもどってきた。

入ってきた安次郎の顔に緊張があった。坐るなり告げた。

「揺海寺の住職の行心さまは、高貴な身分のお人ですぜ」

「高貴な身分？」

鸚鵡返しした錬蔵に、揺海寺に関する寺社覚書を書き写してきたのか安次郎が懐《ふところ》から書付を取りだし、読んだ。

「行心さまは駿河国田中藩四万石、先代藩主丹羽《にわ》備後守様の弟君、二男坊だということでして。何でも三十歳になったばかりの頃、急に思い立たれて出家され曹洞宗《そうとう》の禅僧の修行を積まれ、四年ほど前に揺海寺を開山された、と寺社覚書に書いてありやした」

「開山、というと行心様が揺海寺を初めて建てた、ということになるな」

「田中藩四万石、先代藩主丹羽備後守様の寄進により建立《こんりゆう》、となっておりますが」

「行心様は駿河国田中藩四万石先代藩主の弟君か」

だとすると、

（ふたりの娘のうちのひとり、菊と行心様が名を呼んだ娘は田中藩の姫君ということになりはしないか）

そう推断した錬蔵は、悪い予感が的中したことをあらためて思いしらされていた。

首を捻って安次郎がいった。

「さっき復申しやしたが、菊という娘が行心さまに『叔父上』と呼びかけておりやした。ことばどおりに素直に読み解くと、菊という娘は田中藩四万石の姫君なんじゃねえですか。まさか、あの娘が姫君とはねえ」

「まずは、そうであろうな」

そういって錬蔵が黙り込んだ。

わずかの間があった。

眼を向けて錬蔵が問うた。

「安次郎、誰かにつけられた気配はなかったか」

「海辺大工町から揺海寺まで、ということですかい」

「そうだ」

「勤番侍たちは尻に帆かけて逃げていった、とばかりおもってやしたが、つけられたかと聞かれると、つけられなかった、とは言い切れない気もしやすね。何せ、やっと見つけ出したんで溝口さんに気が向いてやしたから」

さらに錬蔵が問いかけた。

「何か気がかりなことはなかったか」

「気がかりなことねえ」

考え込んだ安次郎が、ぽん、と軽く拳で掌を打った。

「そういや、揺海寺から引き上げるときに誰かに見られているような気がしやした。あたりを見渡しましたが」

「人影はなかったか」

「気配もありやせんでした」

「そうか」

気配を消していたのだ、と錬蔵は胸中でおもった。

御家騒動の渦中にある田中藩の姫君が屋敷を抜け出した。連れの娘はおそらく忠義を貫くお付きの腰元であろう。姫君の姿がみえないことに気づいた御家乗っ取りの陰謀をめぐらす一派の江戸詰めの頭格は、それなりの武術の業前の藩士を探索に出したに違いないのだ。

その藩士たちが斬り合った溝口半四郎は皆伝、安次郎も皆伝なみの剣の使い手である。藩士たちが目録程度の腕前なら、ふたりにかなうはずがない、と錬蔵は推測した。

いったん引き上げたとみせて後をつける。よくあることだった。

一行が行きついた先が田中藩先代藩主、丹羽備後守の弟君が住職を務める揺海寺だと知った謀略を仕掛ける一味が、向後どう動くか。錬蔵は思索した。

黙然《もくねん》と座して安次郎は錬蔵のことばを待っている。

やがて、錬蔵が、

「安次郎、もどってきたばかりで悪いが今一度、揺海寺へ向かってくれ」

「わかりやした。それでは」

腰を浮かしかけた安次郎に錬蔵がことばを継いだ。

「それと」

「それと、何ですかい」

坐り直して安次郎が問うた。

「長脇差を持っていけ」

「長脇差を」

「何があるかわからぬ。そうおもってな」

「なるほど。相手は、すぐ刀を抜きたがる連中ですからね。そのほうがいいかもしれない」

「十手は懐にしまったままにしろ。何があっても使ってはならぬ。揺海寺は寺院。菊姫たちを襲った武士たちが田中藩の藩士だとしたら、ともに深川大番屋、いや北町奉行所の支配違いの相手ということになる」

顔に緊張をみなぎらせて安次郎が聞いた。

「揺海寺が武士たちに襲撃されるかもしれない。そういうことですかい」

「そうだ。そう考える根拠があるのだ」

命のやりとりをするかもしれぬところへ安次郎を向かわせるのだ。田中藩に渦巻く御家騒動の顚末《てんまつ》を知っているかぎり安次郎に話しておくべきだと錬蔵は判じた。

「実はな、安次郎」

語りつづける錬蔵の話に安次郎は一言のことばもはさむことなく聞き入っている。

すべてを話し終えた錬蔵に安次郎が告げた。

「田中藩の御家騒動がどう転がろうと、あっしにはかかわりはありませんが、騒ぎを深川に持ち込まれちゃたまりません。万が一にも巻き添えを食って深川の住人が殺されでもしたら大変なことだ。お忍びで町娘の格好をしていても主筋の姫君を腕ずくで連れ戻そうとしている奴らが田中藩の藩士と名乗るはずはねえ。身分を明らかにしないかぎり、腰に大小二本を帯びていても、ただの無頼浪人だ。それなりのあしらいをするだけのことで」

にやり、として錬蔵が応えた。

「それでいい。戦うことになったら存分に腕をふるうがよい」

「もとより、そのつもりで」

不敵な笑みを浮かべた安次郎が、

「それじゃ長屋に寄って長脇差を腰に差し、やくざ姿に形《なり》を変えて揺海寺へ向かうことにしやす」

と身軽く立ち上がった。

二

用部屋で錬蔵は届け出られた書付に目を通した。特に届け出られた事柄にたいし指図書を書き記すような厄介な作業は何ひとつなかった。

深川大番屋支配としての錬蔵の仕事は捕物だけではない。深川一帯の名主たちから届け出られた人の出入りを記した人別控えの保管や見届け、祭りの手配書の見極めなど、暮らしの雑事にかかわる書付の処理や警戒の手配りなど多岐にわたっていた。

探索に仕掛かると、それらの書付の処理は、ついつい滞《とどこお》りがちになる。なかには深川の住人たちの日々の暮らしに深いかかわりがある届出書もあった。錬蔵の処理が遅れれば、それだけ住人たちに不自由をかけることになる。そのことをおもんぱかった錬蔵は出来うる限り速やかに名主たちからの届出書の処理をすませるよう細かく気を配っていた。

文机に向かっての務めを錬蔵が終えたとき、七つ（午後四時）を告げる時の鐘が鳴り始めた。面倒な処理を伴う届出書はなかったが、自分の手元に覚えとして残しておかねばならぬ料理茶屋や出合茶屋、局見世《つぼねみせ》の身代替わりなど探索につながる事柄が数多く届け出られていた。錬蔵は、それらの書付に眼をとおすたびに筆をとり覚書を残していった。

出合茶屋や局見世などの持ち主がやくざの一家や深川以外の土地に住まう者に替わったときは、深川の裏の稼業の力の均衡が崩れる恐れがあった。深川を取り仕切る任を担う深川大番屋支配を務める錬蔵にとって、

〈騒ぎの種を見つけ出す〉

重要な意味を持つ役務であった。

紙縒《こより》で束ねた覚書を手に取った錬蔵は立ち上がって違え戸棚に置いた木箱の蓋《ふた》を開

いた。覚書を木箱に入れた錬蔵は再び文机の前に坐った。

腕を組む。

深川大番屋詰めの同心、松倉孫兵衛、八木周助、小幡欣作の三人に、同役である溝口半四郎のことを、告げるべきかどうか迷っていた。いままで錬蔵は三人の同心に、

〈溝口は傷の治りが芳《かんば》しくなく某所にて療養。務めにもどる日は未定〉

とだけ話している。

抜け荷の一味を捕らえるべく斬り込んだ料理茶屋で溝口が一味の女、お千代から匕首で脇腹を刺されたことを松倉と小幡は知っている。八木は抜け荷一味の罠に嵌《は》められ体調を崩して捕物に加わってはいなかったが、松倉たちから、溝口が刺されたことは聞いているはずであった。

いずれ同心の務めにもどるであろう溝口半四郎のことを考えると、

〈一時の気の迷いから行方をくらましている〉

とは同職の者たちにはつたえられぬ、と錬蔵は考えていた。

が、偶然とはいえ安次郎の働きで溝口が銀座御用屋敷近くの揺海寺にいることがわかった。

田中藩の御家騒動が深川の地に飛び火しかねない有り様になっている。

田中藩がらみの騒ぎを未然に封じるためにも松倉ら同心たちにも働いてもらうべきであろう。いつもなら錬蔵は、そうするはずであった。

が、此度は違った。

向後の溝口の立場を考えると同心たちを動かすことには躊躇《ちゅうちょ》せざるを得なかった。

ましてや厄介事を撒き散らすであろう相手は支配違いにある田中藩の藩士たちであった。

ふう、と錬蔵は小さく息を吐き出した。こころの奥底に溜まりかけた、思索の行き詰まりを吹き払うための所作であった。

空に目線を据えたとき、錬蔵のこころは決まった。

下手に同心たちを動かすことは田中藩の乗っ取りを企《たくら》む一派に、〈支配違いの身で武家の揉め事にかかわるとは許し難い振る舞い〉と落ち度を咎《とが》められ、付け入る隙を与えることにもなりかねない。錬蔵自身は、端《はな》から深編笠を目深にかぶり小袖を着流した忍び姿で動く気でいた。

手勢に数えられる者はもうひとり、その風体から、いまでも浪人としか見えぬ前原がいる。

が、手駒が足りぬのはあきらかだった。雲水姿の溝口は、それこそ、

〈乗りかかった舟〉

行心の依頼もあって働かざるを得ないだろう。

合わせて四人。それで騒ぎを収めうるかどうか。田中藩で謀略をめぐらす一派がどの程度の力を有しているか見当のつかぬ錬蔵には、まだ見極めは出来なかった。

田中藩が深川で世間の耳目を集めるような大仕掛けな騒ぎを起こすことは、まずあるまい。そう錬蔵は見立てていた。

できるだけ騒ぎが大きくならないうちに菊姫たちに深川から離れてもらう。菊姫たちを見捨てることになるが、いまの錬蔵にとって心掛けねばならぬのは、

〈深川に住まう者たちに安穏な日々を送らせる〉

との、一事だけであった。

立ち上がった錬蔵は巻羽織を脱いだ。

たたんで文机にかける。

着流し姿となった錬蔵は刀架に架けた大刀に手をのばした。

深編笠を手にした錬蔵は前原の長屋を訪ねた。表戸ごしに声をかけるとお俊《しゅん》が顔を出した。

元は女掏摸《すり》であったお俊は掏《す》り取った巾着《きんちゃく》がもとで命を狙われる羽目に陥った。その窮地を救ったのが錬蔵であった。一件が落着した後も、前原のふたりの子、佐知《さち》と俊作《しゅんさく》の母親代わりとして前原の長屋に住み暮らしている。

「探索の手伝いですか」

目を輝かせてお俊が聞いてきた。女掏摸だった頃の鉄火な気質が抜けないのか、お俊には、つねに探索に狩り出されるのを楽しみにしている様子がみえた。

「前原に伝言を頼みたいのだ」

素っ気なく錬蔵が応えた。

「そうですか。旦那が忍び姿で出かけられる様子なんで、表立って動きたくない探索が始まったのかとおもいましたよ」

あてが外れたという顔つきでお俊がいった。

「小名木川沿いにある銀座御用屋敷近くに揺海寺という寺がある。前原が帰ってきたら、そこへ向かうようにつたえてくれ。安次郎がいる、合流してくれ、とな」

探る目になってお俊が問うてきた。

「やっぱり探索に仕掛かってらっしゃるんですね。あたしにも手伝わせてくださいよ。探索のお務めに就いてるときは、わくわくして、ほんとに楽しいんですから。お願いしますよ、この通り」

と手を合わせてお俊が拝む格好をした。

「お俊でないと出来ない探索がある。そのときになったら必ず声をかける」

応えた錬蔵に、

「ほんとですね。約束しましたよ」

生真面目な顔つきでお俊がいった。

「ほんとだ」

笑みを含んで錬蔵が応じた。


深川大番屋を出た錬蔵は海辺大工町へ向かった。安次郎から復申を受けた菊姫と登代が武士たちに襲われた一角を一度、自分の目で見ておきたかったからだ。

万年橋そばの御舟蔵の前に二挺の駕籠と駕籠舁が手配りされていたという。安次郎は上ノ橋、中ノ橋のたもと近くにも、それぞれ二挺の駕籠が手配されているのを見届けている。おそらく下ノ橋、永代《えいたい》橋、福島橋、巽《たつみ》橋のたもとあたりにも駕籠が二挺ずつ、用意されていたと考えるべきであろう。

万年橋、上ノ橋、中ノ橋、下ノ橋、永代橋、福島橋に巽橋の七ヶ所にそれぞれ二挺、合わせて十四挺の駕籠が、あらかじめ用意されていたことになる。

駕籠が手当てされた通りごとに、それぞれ十人ほどの武士たちが菊姫の行方を追うべく配されていたとすると、七十人余もの人数となる。

七十人余もの江戸詰めの藩士たちが菊姫の探索にあたっていたとなると、田中藩の御家騒動は、のっぴきならぬところまで来ている、と考えざるを得なかった。

新大橋で錬蔵と藩士たちが斬り合っている間にいずこかへ消えた菊姫と登代が、その夜、どこに泊まったか。そのことを錬蔵は知りたいとおもった。

あらかじめ泊まる宿を決めていたとすると、つねづね屋敷を抜け出す機会をうかがっていたことになる。行き当たりばったりに旅籠に飛び込んだとすると、屋敷を逃げ出さねばならぬ緊急の事態が起きた、と推断すべきであった。

おそらく行き当たりばったりの口であろう。

歩みをすすめながら錬蔵は、そう推測していた。

幸いなことに海辺大工町は茶屋が建ちならぶ一帯ではなかった。つらなる大小の商い家を断ち切るように旅籠や木賃宿《きちんやど》が四軒、点在していた。錬蔵は、それらの旅籠に片っ端から聞き込みをかけていった。

しかし、その探索は、かえって錬蔵を混乱させる結果を招いた。菊姫と登代が旅籠に泊まった形跡はなかったのだ。

野宿をしたとはおもえなかった。海辺大工町のどこかに、田中藩出入りの商人か登代の知り人がいる。自分に災いが及ぶことを承知の上でふたりを泊める。動きからみて、知り人が登代の味方であることはあきらかだった。

ふたりの足取りをたどることで田中藩と縁の深い町人が、どこの誰か、探ることができる。菊姫と登代を泊めた、その深川の住人に、いずれ田中藩乗っ取りを企む一派の手がのびることはあきらかだった。

(田中藩の御家騒動に深川を巻き込む種は少しずつ飛散している)

そう錬蔵は推量した。

どうすれば芽が出るまえに騒ぎの種を取り除くことができるか。歩きながら錬蔵は、そのことだけを考えつづけていた。

三

長脇差を腰に帯びて揺海寺の庫裏に顔を出した安次郎に、溝口が歩み寄って声をかけてきた。溝口の顔に緊迫したものがみえた。

「来てくれたのか」

「御支配の指図でさ」

「そうか。御支配の指図か」

そういって溝口が黙り込んだ。

沈黙に重苦しいものが感じられた。

あえて安次郎は口を開こうとしなかった。溝口が話し出すのを待っている。

眼を上げた溝口が安次郎に告げた。

「実は、助勢を頼みに鞘番所へ出向こうとおもっていたのだ。しかし、動くに動けぬ事情があってな」

「動くに動けぬ事情」

鸚鵡返しした安次郎に溝口が、

「おれが話すより行心様から聞いたほうがいいだろう。着いたばかりですまぬが、これから本堂まで足を運んでくれぬか」

「わかりやした。すぐ行きやしょう」

躊躇なく安次郎が応えた。

本堂で安次郎と溝口は行心と向かい合って座していた。行心の傍らに菊姫と登代が控えている。

田中藩の御家騒動にかかわるあらましを行心は安次郎に話して聞かせた。口をはさむこともなく聞き取った安次郎は、顔を登代に向けて問いかけた。

「菊姫さまと登代さんは御家乗っ取りを企む田中藩国家老、菅田刑部《すがたぎょうぶ》に与《くみ》する江戸詰めの一派に監視され軟禁されたも同然の扱いになっていた、というわけですね」

「江戸屋敷の離れの座敷で菊姫さまはお過ごしでございました。わたしはお付きの腰元として姫の身の回りの世話をしていたのでございます」

応えた登代に安次郎が、

「抜け出すには大変な御苦労があったんじゃありませんか」

「一味にわたしに懸想《けそう》している藩士がおりました。その者が見張りをしているときにわたしの座敷に誘い込みました」

「色仕掛け、というやつですね」

頬を赧《あか》らめてうつむいた登代が、それでも、はっきりした口調でいった。

「はしたない真似をいたしました。ただ、江戸屋敷を何とかして抜け出さなければとの一心でございました。座敷に呼び込んで眠り薬を入れた茶菓をすすめたのでございます」

「見張りは、少なくともふたり一組でやると相場が決まっておりやす。あとのひとりは、どうしやした」

「誘った藩士に、不義は御家の御法度、万が一、見張りの相方に気づかれては、後々、面倒なことになりまする、遠ざけてくださいまし、と、ひたすら頼み込みました」

感心したような顔つきになった安次郎が、

「なるほど、そりゃ、いい手だ。知恵を搾《しぼ》られましたね」

「ありったけの知恵でございました。いま思い起こすと、ただ恥じ入るばかりでございます」

「なあに忠義のこころでなすったことだ。終わりよければ全てよし、って諺《ことわざ》もありまさあ」

「そうでしょうか」

恥じらいながら登代が微かに笑みを浮かべた。控えめな物腰のせいか、一見、地味にみえるが、その笑顔には隠しきれぬ年相応の艶やかさが滲み出ていた。おもわず見とれた安次郎に、

「何か」

いつもの堅苦しい顔つきにもどって登代が問うた。

あわてて顔の前で手を横に振って安次郎が応じた。

「いや、何でもねえんで。ただ、ちょっと考え事をしてただけのことでさ。気にしないでおくんなさい」

傍らに坐る溝口を見やって安次郎がことばを重ねた。

「さてお姫さまと登代さんを、どうやって守りやしょう」

うむ、と溝口が首を捻った。

「おれと安次郎のふたりしかおらぬ。とりあえず今夜は交代で寝ずの番をつとめるしかあるまい」

「鞘番所へ一っ走りして御支配に助勢を出してもらったほうがいいような気もしやすが」

「もうじき陽が落ちる。安次郎が揺海寺から離れたとなると、手勢が減ったことを見届けた敵が隙をついて襲撃を仕掛けてくるかもしれぬ。昼間、安次郎が大番屋へもどるべく揺海寺の表門を出たときに人の気配を感じた、といっていたが、おそらく見張りがどこかに潜んでいたのだろう。おれたちは、不覚にも後をつけられていたことに気づかなかったのだ」

ことばを切った溝口が菊姫から登代、行心へと目線を向けて、つづけた。

「菊姫様と登代さんには庫裏の空いている座敷に移ってもらうことにいたしましょう。行心様はどうなされますか」

「わしも叔父として姫の身近にいるべきであろう。もっとも、武術が大の苦手で、とくに剣は、我ながら呆れ返るほど筋が悪い。そんなわしが斬り合いになったときに、役に立てるとは、とてもおもえぬがな」

さして悪びれた様子もなく行心が応えた。

深川大番屋の自分の長屋へもどった前原伝吉は表戸を開け足を踏み入れた。その音に気づいたのか台所の土間に立って夕餉《ゆうげ》の支度をしていたお俊が濡れた手を前掛けで拭いながら前原に歩み寄ってきた。

「前原さんにつたえてくれと大滝の旦那から頼まれてることがあるんだよ」

「御支配からの伝言だと」

「小名木川沿いにある銀座御用屋敷近くの揺海寺へ出向き、安次郎さんと合流するように、と仰有ってたよ」

「他に何かいっておられなかったか」

問いかけた前原にお俊が応えた。

「何も」

「そうか」

しばし口を噤んだ前原が顔を上げて、

「お俊、御支配はどんな出で立ちで出かけられたのだ」

「深編笠に小袖を着流しただけの、お忍びで出かけられるときの格好でしたよ」

「忍び姿だと」

再び前原が黙り込んだ。

ややあって、独り言ちた。

「表立って動けぬ探索事に出かけられたのか」

眼をお俊に向けて前原が告げた。

「何やら気が急《せ》く。おそらく夕飯を支度してくれていたはず。無駄にするようで悪いが、すぐ出かける」

「無駄にはしないよ。つくりなおして明日の昼飯にでもするさ。それより俊作ちゃんが風邪を引いたらしくて熱が出てるんだよ。かなり高そうだし、どうしたらいいだろう」

「揺海寺へ向かう前に寄り道して、村居幸庵《むらいこうあん》先生に往診してもらうよう手配する。すまぬが俊作のこと、よろしく頼む」

「頼むなんて水臭いことをいわないでおくれ。これでもあたしゃ、佐知ちゃんや俊作ちゃんのおっ母さん代わりのつもりでいるんだよ。ひとつ屋根の下で暮らしてるっていうのに何にもわかってないんだね。ふたりが可愛いからやってるんだよ」

機嫌を損ねた顔つきでお俊が前原を睨んだ。

「わかっている。つねづねの、お俊さんの子供たちへの心配り、実の母親でもできぬほどのものだ。俊作の病にこころが残るが務めは大事。出かけねばならぬ」

「しっかり働くんだよ」

何かを持つように指を曲げたお俊が、腕を振って火打ちする仕草をした。

「縁起物の火打ち石と火打ち金を打ちあわせたつもりだよ。佐知ちゃんと俊作ちゃんのことは心配しないでおくれ。大船に乗った気で、あたしにまかせておけばいいのさ」

胸をそらしたお俊が、ぽん、と平手で自分の胸を叩いた。

破顔一笑した前原が無言で大きくうなずいた。

四

すでに陽が落ちていた。

海辺大工町の探索を終えた錬蔵は揺海寺へ向かった。高橋を過ぎ、入り堀に架かる自分橋を渡って小名木川沿いの通りをすすんだ。右手に銀座御用屋敷の海鼠塀がのびている。その塀の切れたところを右へ曲がると、突き当たりに真光寺《しんこう》など数寺の集まる寺町が広がっていた。その一角に揺海寺はあった。

秋元家、松平家など大名の下屋敷や江戸屋敷が寺町の左右に建ちならんでいた。

歩きながら錬蔵は、

（この一角は身を隠すには難しいところ）

と見立てていた。

立ち止まった錬蔵は深編笠の端を持ち上げて周囲を見渡した。

「身を潜めるとすれば塀屋根の上か」

塀に眼を据えたまま錬蔵はつぶやいた。気配を感じた安次郎が人影を見いだすことができなかったのは、尾行してきた者が塀屋根という意想外の場所に身を伏せていたからであろう。

御家騒動がからんでいる。人通りがある間は田中藩江戸屋敷の藩士が揺海寺を襲うことはないとおもえた。

寺社は寺社奉行の支配下にある。武家屋敷同様、町奉行所が探索の手をのばすことのできぬ支配違いのところであった。

御家乗っ取り派の眼がどこにあるかわからなかった。錬蔵は悠然と歩き始めた。

回り道をして深川鞘番所出入りの町医者、村居幸庵に傍作の往診を頼んだ前原は急ぎ足で揺海寺へ向かっていた。

夜の闇があたりを包み込んでいる。空には月影はもちろん星ひとつ見えなかった。襲撃を仕掛けるには、おあつらえ向きの晩といえた。

深編笠をかぶり小袖を着流した忍び姿で錬蔵は出かけている。前原に伝言を残し、支配違いの揺海寺へ出向くよう錬蔵が指図した、ということは表立って探索することができぬ一件が生じたと考えるべきであった。しかも錬蔵は安次郎まで揺海寺へ差し向けている。

たんなる探索であれば安次郎ひとりだけで十分なはずであった。それが手勢を一人増やして前原にまで揺海寺へ行くように命じている。何者かが揺海寺を襲う恐れがある、と錬蔵が推量しているのはあきらかであった。

歩きながら前原は奥歯を嚙みしめた。

(佐知と俊作を残して死ぬわけにはいかぬ)

とのおもいが湧いてくる。

瞬間……。

脳裏に、弾けるように笑っている佐知と俊作の姿が浮かび上がった。なぜか、ふたりの背後に微笑むお俊がいる。

そのとき、前原の耳朶《じだ》に、

「大船に乗った気で、あたしにまかせておけばいいのさ」

と言い切ったお俊の声が甦った。

「万が一のことがあっても心配ない。お俊がついている」

おもわず前原はつぶやいていた。

ことばにすると、それまでの乱れがちなこころが不思議なほど穏やかなものに変わっていった。

歩をすすめながら前原は刀の鯉口を切った。柄を握り、わずかに引き抜いて強く鞘に押し入れた。滑らかな大刀の動きであった。

口を真一文字に結んで前原は歩きつづけた。

揺海寺の表門の前に立った前原は潜り口の扉を押した。扉を開けたら鳴る仕掛けになっているのか揺海寺のなかで鈴の音がした。

潜り口を潜り、境内に足を踏み入れた前原に木陰から声をかけてきたのは、おもいもかけぬ人物だった。

行方を探し求めていた深川大番屋詰め同心、溝口半四郎であった。溝口の傍らに立つ安次郎が腰に長脇差を帯びている。その姿をみて前原は自分の推量が外れてはいなかった、とあらためておもった。

「御支配の指図か」

問いかけた溝口に前原が応えた。

「そうだ。御支配は深編笠に小袖を着流した、いつもの忍びの出で立ちでおれが鞘番所にもどる前に出かけられた、とお俊から聞いている」

「御支配が忍び姿で」

独り言ちた溝口が安次郎を振り返った。

「旦那は、いや御支配は端から揺海寺に来る気でいなすったんだ。だからお忍びの出で立ちで鞘番所から出かけられたんですぜ」

横から前原がいった。

「立ち話もなんだ。とりあえずくわしい話を聞きたい」

「庫裏へ上がってくれ。案内する」

そういって溝口が歩きだした。安次郎と前原がつづいた。

「そうか。田中藩の御家騒動がらみの一件か」

支配違いの大名家が相手である。表立って探索するわけにはいかないだろう。溝口の話を聞き終えて前原は、そうおもった。

庫裏の、溝口にあてがわれた一間に三人はいる。

「御支配は遅いな」

ぼそり、と溝口がつぶやいた。

「鳴子がわりの鈴を潜り口の片扉に仕掛けてあるのだ。そのうちに扉が押し開かれて鈴が派手に鳴り響くさ」

ちらり、と溝口に目線を投げて前原がことばをかけた。前原が来てから一刻（二時間）ほど過ぎ去っている。

まもなく四つ（午後十時）になろうという刻限であった。武家屋敷や寺院の建ちならぶ一角である。すでに人の往来は絶えているはずだった。

田中藩の藩士たちが菊姫を屋敷に連れもどすために襲撃を仕掛けてくるとしたら、そろそろ揺海寺に現れる頃合いといえた。

その場に重苦しい沈黙が流れた。

襲ってくる武士たちは、少なくとも十人はいるだろう。それ以上ということはあっても、それ以下ということはない。口には出さぬが溝口も、安次郎も、前原までもが、そう推断していた。

多勢に無勢である。鉄心夢想流《てっしんむそう》皆伝の腕前で秘剣〈霞《かすみ》十文字〉を操る錬蔵が戦いに加わらないとしたら、安次郎たち三人の戦力は大きく削《そ》がれることになる。溝口のつぶやきには、錬蔵がやってくるのを心待ちする気持が滲み出ていた。

そんな溝口のおもいを感じとったのか安次郎がいった。

「御支配は必ず来ます。あっしには、わかる。大滝の旦那は、心配りの細かいお人だ。前原さんやあっしを揺海寺へ行かせたときに、自分も後で顔を出す、と決めてらっしゃったはずでさ」

と……。

それまでふたりのやりとりを聞いていた前原が声を上げた。

「聞こえぬか」

訝しげに眉をひそめて溝口が問うた。

「何が聞こえたのだ」

躰をかたむけ耳をすまして前原が応えた。

「喋るな。音は、境内からだ」

囁くような低い声だったが、前原の声音には緊迫したものが籠もっていた。

眼を見交わした溝口と安次郎が聞き耳をたてた。

わずかの間があった。

視線をふたりに流して安次郎が声を高めた。

「鋼《はがね》を打ち合わせる音だ。誰かが斬り合ってるんですぜ」

「御支配だ」

前原が脇に置いた大刀を手に立ち上がった。

「御支配は揺海寺に忍び込み、境内のどこかに身を潜めて曲者が襲ってくるのを待ち伏せしておられたのだ。曲者もまた、塀を乗り越えて忍び込んだ。そうに違いない」

大刀を腰に帯びながら溝口が戸襖を開け奥の座敷へ向かって声をかけた。雲水姿の溝口が大刀を帯に差すと、夜目には、弁慶さながら、かつての比叡《ひえい》山の荒法師ともおもえた。

「行心様、座敷から一歩も出てはなりませぬぞ」

「行きやすぜ」

長脇差を腰に差しながら安次郎が板戸を開けて濡れ縁に飛び出した。前原がつづく。

いつでも外へ飛び出せるように懐に入れていたのか、安次郎と前原が草履をとりだし濡れ縁に置いた。足の指を鼻緒に深く突っ込むように草履を履く。

「斬り合いは表門近くだ」

声を高めた前原に安次郎が大きく顎を引いた。

境内に飛び降りたふたりは大刀を引き抜きながら表門へ向かって走った。

一足遅れて座敷から出た溝口が板戸を閉め、ふたりの後を追った。

黒覆面で顔を隠した十数人の武士が錬蔵を取り囲んでいた。今度は錬蔵は大刀を峰に返してはいなかった。

すでにふたりが地に伏している。

「ふたり斬った。いま手当をすれば命は助かるかもしれぬ。傷ついた仲間を抱えて引き上げたらどうだ」

「問答無用」

吠えて左から黒覆面が斬り込んだ。錬蔵が一歩踏み込んで袈裟懸《けさが》けに斬って捨てた。肩口から血を噴《ふ》き上げて斬り込んだ黒覆面がよろけたとき、右手から別の黒覆面が斬り込んだ。撥ね上げた錬蔵の刀は別の黒覆面の腰から脇の下へと切り裂いていた。

もんどりうって倒れた黒覆面を見向きもせず錬蔵が下段に大刀を置いた。一歩、間合いを詰める。

半円に囲んだ黒覆面たちが一歩、後退った。

「此度《こたび》は容赦なく斬り捨てた。ありがたいことに、この場は寺の境内、葬《ほうむ》る場所に不自由はせぬ」

さらに一歩、錬蔵が足を踏み出したとき、

「旦那」

声をかけた安次郎が抜き身の長脇差を八双に構え、黒覆面たちの背後から襲いかかった。

裂帛《れっぱく》の気合いを発し前原が斬りつける。大上段に大刀をふりかざし墨染めの衣を翻《ひるがえ》しながら一跳びした溝口が黒覆面のひとりを斬り倒した。

黒覆面たちの陣形は乱れに乱れた。浮き足立った黒覆面たちに錬蔵が、安次郎が、溝口、前原が斬りかかった。

たちまちのうちに数人の黒覆面が朱に染まって倒れた。

「引け。引くのだ」

頭格がわめいた。

黒覆面たちは我先に表門へ向かって走った。頭格がしんがりをつとめた。

黒覆面が潜り口の扉を開けたのか鈴が大きく鳴り響いた。鈴の音にかまわず黒覆面たちが潜り口をくぐって逃げ去っていく。

「逃すか」

追おうとした溝口に、

「追うな」

と錬蔵の声がかかった。

足を止めた溝口を見届けた頭格が潜り口をくぐって姿を消した。

「骸《むくろ》をかたづける。塀際にならべて、後ほど御住職に骸の顔あらためをしてもらおう。討ち入った黒覆面たちは、おそらく田中藩の江戸詰めの藩士。御住職の見知った顔があるかもしれぬ」

大刀を鞘に納めながら錬蔵が告げた。安次郎たちが無言で顎を引いた。

五

黒覆面を剝《は》がした七体の骸が塀に沿ってならべられている。ゆっくりと顔あらためをしてきた行心が、最後の骸の顔をしげしげと見つめた。

「この者の顔に見覚えがござる。国元に住まう藩士で、たしか廻米所で下役をつとめていた者。名は」

うむ、と唸って行心が首を傾げた。ややあって、独り言ちた。

「どうしても、名をおもいだせぬ。しかし、なぜ国元にいるはずの藩士が江戸にいるのだ。藩主の丹羽備後守は参勤交代で、いまは国元にいるというのに。なぜだ。わからぬ」

そういって傍らで膝を折った錬蔵を振り向いた。

「田中藩の藩士であることは間違いありませぬな」

問うた錬蔵に行心が応えた。

「間違いない。こ奴の小鼻の右脇に親指の爪ほどの大きな黒子《ほくろ》があるだろう。この黒子が、みょうに眼についてな。それで、覚えていた。わしが見知っていたころは二十歳前後だったとおもうが、年を経ても黒子の大きさだけは変わらぬものだ」

しんみりした口調で行心がいった。骸になり果てた者との、おもいもかけぬ再会にこころが揺れたのだろう。五十そこそこの、まだ若さの残る行心の顔が急に老け込んだかのようにみえた。

「骸を葬りましょうか」

背後に控える溝口が問うた。前原が指図を待つ眼を錬蔵に向けている。安次郎は菊姫と登代の警固についていて、この場にはいなかった。

立ち上がって錬蔵が応えた。

「明日でよかろう。もう夜も更けた。骸を埋める穴を掘って物音を立てるべきではないとおもう。隣り合う寺院に、これ以上、迷惑をかけるわけにはいかぬ」

骸に合掌した行心が溝口に顔を向けた。

「その通りだ。隣り合う寺に住まう僧たちは騒ぎには気づいているはず。知らぬふりをするがせめてもの情けとおもうて動かれぬのじゃ。骸の始末は明日でよい」

目線を錬蔵に移して行心がつづけた。

「此度の心づかい痛み入る。是非にも助力をお願いしたい。くわしい話を聞いていただけぬか」

「お話は聞かせていただきましょう。お役に立てるかどうかは、その上でのことに」

厳しい顔で錬蔵が応えた。


庫裏の一間で行心と錬蔵が向かい合って坐っていた。行心の脇に菊姫と登代が、錬蔵の背後、左右に溝口、前原が、戸襖の近くに安次郎が控えている。

今までの成り行きをすべて語り終えた行心に錬蔵が、

「田中藩にかかわる御家騒動の顚末、よくわかりました」

身を乗りだして行心が声を弾ませた。

「それでは助勢していただけるのですな」

「いまは、お断りする、としか応えられませぬ」

きっぱりと錬蔵が言い切った。

「いまは、お断りするとのことばは聞いた。引き受けてもらえる場合もあるのか」

問うた行心に錬蔵が、

「私は深川大番屋支配であると同時に江戸北町奉行所の与力。町奉行所の支配は武家と寺社には及びませぬ。我ら町奉行所の者が取り締まることができるのは町人と禄を離れた浪人だけでございます」

「田中藩の騒動、揺海寺が受けた襲撃、ともに町奉行所の者が扱う役務ではない、といわれるのだな」

「如何様《いかさま》。御法度で定められたことを守らぬ町場の悪党たちを捕らえ裁く。それが我らの役務と心得ております」

杓子《しゃくし》定規な錬蔵の物言いに行心が困惑を露わにした。

「それでは我らはどうすればよいのじゃ。田中藩を二分する御家騒動を表沙汰にし評定所《ひょうじょうしょ》に裁きをゆだねれば藩政不行き届きのかどをもって、よくて減封、悪ければ藩お取り潰しの恐れもある。禄を離れた藩士たちの、その後の暮らし向きがどうなるか、およその推測はつく。おそらくは貧窮に苦しむことになるであろう。それだけは避けねばならぬ。それが藩主たるものの、いや、藩主の一族が果たさねばならぬ責務なのだ」

凝然と行心を見据えて錬蔵が告げた。

「ならばお聞きしたい。田中藩が取り潰される恐れのある御家騒動を、なぜ家臣たちが起こすのか。禄を離れ路頭に迷うことを承知で為していることではありませぬか」

ことばを切った錬蔵が、ふっ、と皮肉な笑みを片頰に浮かべて、つづけた。

「それこそ藩主の政《まつりごと》が藩士たちに行き届いておらぬために起こること。責めは藩主にもある。そう考えられませぬか」

じっと錬蔵を見つめて行心が喘《あえ》ぐようにいった。

「先代藩主の兄が三年前に俄《にわか》の病にて急死し嫡子《ちゃくし》の友春《ともはる》が新たな藩主となり、丹羽備後守を名乗った。が、当主の備後守様は生来の病弱でな。いつ病に倒れ、逝去《せいきょ》するかわからぬ身。その弱みに付け入ったのが国家老の菅田刑部じゃ。備後守様にはまだ子がおらぬ。病死するなど不測の事態が起こったら跡目を継ぐべき嫡子がないことを公儀に咎められ田中藩が取り潰されるは必定。まずは備後守様に隠居していただき先代藩主の末弟、丹羽政隆《まさたか》様を新たな藩主として幕府に届け出て藩の安泰を計り、菊姫様にしかるべき婿《むこ》君を迎えて政隆様に事あるときには藩主とする二段構えの策こそ田中藩の安泰のためにとるべき唯一無二の手立て。そう主張して同腹の藩士たちを集め一派を成したのじゃ。急速に膨れあがった菅田の一味は国元の藩士の六割強、神田佐久間町にある藩邸に詰める藩士たちの半数に達している有り様だという」

「菅田刑部が担ぎ出した丹羽政隆様は行心様の弟君でしたな。いわば藩主の一族。藩主を継ぐに何の問題もないではありませぬか」

問うた錬蔵に渋い顔つきとなった行心が、

「そこが問題なのじゃ。わしも政隆も政には不向きな資質でな。わしは古今東西の書籍をひもとき学問するのが大好きなだけの学問馬鹿。あげくの果てに〈迷える者たちを救うには仏門に帰依《きえ》するが一番〉と考え、僧侶となったのじゃ。政隆は能に俳句、尺八と芸事以外は目に入らぬ暮らしぶりでな。その上、酒も好き、女色以外の遊び事は何でもござれの放蕩《ほうとう》三昧。操るにはもってこいの虚《うつ》け者なのじゃ。菅田刑部め、政隆をお飾りの藩主として田中藩の権勢を一手に握り、自らの思うが儘《まま》に政を為そうと企んでおるのじゃ」

一息に語った行心が、疲れを覚えたのか大きく息を吐いた。大の学問好きと自らを評した行心の躰は瘦せていて病弱な感じさえする。武士の心得のひとつとされる剣術の修行など、ほとんどやったことがないのではあるまいか、とさえおもわれる体つきであった。

ことばを発する気配もない錬蔵を行心がしげしげと見つめた。

「重ねて頼む。助勢してくれぬか」

眼を行心に向けて錬蔵が応えた。

「騒ぎがおさまるまで菊姫様と登代殿が町人の暮らしをされるのならお守りすることができます」

「それはできぬことじゃ。菊は田中藩の姫、登代は菊に仕える腰元じゃ」

当惑しきり、弱り果てた行心の口調であった。

「さきほど申しあげた通りでございます。深川大番屋支配の身としては、武家方、寺社方の紛争には手を出せませぬ。支配違いでございまする。ただ」

「ただ」

鸚鵡返しした行心に、

「御家乗っ取り派の江戸詰めの藩士たちもあからさまな動きはできぬはず。派手に動けば公儀に眼をつけられるはあきらか。目付が密かに探索を始め、騒ぎが大目付の耳に入れば田中藩取り潰しの恐れもある。そのくらいのことは御家乗っ取りの一味も承知しておりましょう。菊姫様たちが町場にあるかぎり一味は秘密裡の動きしか出来ぬのではないかと。今夜程度の襲撃なら今、この場にいる手勢で防ぎうると見立てますが」

応えた錬蔵に、

「しかし、菊に町娘の暮らしをさせるなど、とてもできぬこと」

と行心が首を傾げたとき、菊姫が口を挟んだ。

「叔父上、菊は大滝様の申されるとおり、町娘として暮らします。軟禁同様に屋敷内に留め置かれ刑部のいいなりになるのは厭でございます」

「姫様、よくぞ決心なされました。登代も、そのこと、姫様におすすめしようと決めておりました」

両手をついて登代が菊姫を見つめた。

相好を崩して行心が声を上げた。

「菊がその気なら、わしに何の異存もない。よかった、よかった。大滝殿、これで助勢してくれるのだな」

「あとふたり、話を聞いてみたいお方がおります。その上のこと、といたしたいとおもいます。時はかけませぬ。明日のうちに、すべての話を終わらせるつもりです」

「助勢してくれるとおもうていて、いいのだな」

心配げに行心が問いを重ねた。

「その返答、明日いっぱい待っていただきます。前原と安次郎のふたりは、このまま揺海寺に留まらせ菊姫様たちを警固させる所存。いま出来ることは、ここまででございます」

「止むを得ぬ。明日は色よい返事を待っておるぞ」

念を押した行心に、

「すべて明日、決めまする」

そう応えた錬蔵が向き直って問いかけた。

「登代殿に聞きたいことがござる」

「お聞きしたいこと、とは」

「新大橋で出会った夜のことだ。いずこへ姿を隠された」

「名も知らぬ社《やしろ》で一夜を明かしました。姫さまと行を共にしておりますゆえ野宿をするわけにもいきませぬ。舫《もや》ってある舟に伏して身を隠すことも考えましたが、小名木川に架かる橋を渡り、通りを行くとお誂《あつら》え向きの小社がございました。御堂の扉を押すと開きました。なかには誰も居らず身を隠すことにいたしました。大滝さまが探しにまいられたこと、気づいておりました。声をかけるべきかどうか迷いましたが御家の騒動に気づかれるのは避けるべきと考え、そのままにいたしました」

「もう少し、念入りに調べればよかった。まさしく未熟のいたすところ。向後の探索の戒めといたそう」

笑みを含んで錬蔵が告げた。

翌早朝、庫裏から境内へ降り立った溝口、安次郎、前原の三人は骸を葬る穴を掘るべく塀際へ向かった。

塀沿いに置いた骸が見えるあたりで三人の足が止まった。

驚愕に眼を剝く。

塀際にならべた武士たちの骸が消え失せていた。

真田紐《ひも》が結びつけられた鈴がひとつ、骸があったあたりに転がっている。真田紐の一端が鋭利な刃で切り落とされていた。

「奴らがもどってきたのだ」

「骸を運び出していったのか」

ほとんど同時に溝口と前原が声を上げた。

「大変《てえへん》だ。旦那に知らせなきゃ」

踵《きびす》を返した安次郎が庫裏へ向かって走った。

三章　虚々実々《きょきょじつじつ》

一

知らせに来た安次郎と共に駆けつけた錬蔵は、境内に転がる鈴をくくりつけた真田紐を拾いあげた。

表門に歩み寄る。

閂《かんぬき》を差し通すために潜り口の扉に取り付けられた金具に結びつけた真田紐が切り落とされ、ぶら下がっていた。

だらり、と下がった真田紐を手にとった錬蔵は、その一端と鈴にくくりつけた真田紐の切り口を糊《のり》でくっつけるかのように合わせた。

切り口は、ぴたりと重なり合った。

潜り口の片扉を開けたときに鈴が鳴り響くように仕掛けた真田紐に違いなかった。

逃げ去ったとみせて引き返してきた藩士のひとりが塀屋根を乗り越えて忍び込み、

鈴に結びつけた真田紐を切り、鳴らぬようにして潜り口の扉を開けて一味の者たちを引き入れたのだろう。

境内に入り込んだ藩士たちは塀沿いに置かれた仲間の骸《むくろ》を運び出した。骸を運ぶための荷車を、どこぞで調達した上での動きに違いなかった。

家禄をつなぐためには骸があったほうが何かと都合がいいに決まっている。藩にたいしては、

〈病のため急死〉

あるいは、

〈船遊びに出て舟が転覆し溺死〉

などと、もっともらしい理由をつけ、それなりの弔《とむら》いを出して体裁をととのえなければならぬのが宮仕えというものであった。

〈何事もつつがなく上役、同役たちから後ろ指さされることなく勤め上げる〉

それが親から子へ、子から孫へと大名家に仕えつづけるためには欠かしてはならぬ、守るべき最低のことであった。

手にした、切り離された真田紐を凝然とみつめる錬蔵に溝口が声をかけた。

「御支配、藩士たちの骸が運び出されたこと、行心様におつたえした方がよろしいの

ではないかと」

振り向いて錬蔵が応えた。

「そうしてくれ」

無言で顎を引いて溝口が庫裏へ向かった。

急ぎ足で行く溝口から視線をうつした錬蔵が、

「前原、すまぬが、このまま溝口とともに警固の任についてくれ」

「承知しました」

顔を向けて錬蔵がことばを重ねた。

「安次郎、おれとともに大番屋へもどるのだ。おれが年番方与力の笹島様あての封書をしたためる間に前原の長屋に向かい、お俊にいって前原の着替えを取り揃えてもらえ」

「旦那が書き上げた封書を預かり、まず前原さんの着替えを届けに揺海寺へ向かい、前原さんに着替えを渡した後、北町奉行所へ向かう。旦那は鞘番所に居残る。そういう段取りですね」

「そうだ」

「わかりやした。思い立ったが何とやら、だ。鞘番所へもどりやすかい」

行きかけるのへ前原が声をかけた。

「安次郎、すまぬが、おれの用事もきいてくれるか」

「何ですかい」

振り向いた安次郎に、

「実は、俊作が熱を出しているのだ。風邪を引いたらしい。出がけに村居幸庵先生に往診してもらうように頼んできた。俊作の容体を知りたい。お俊にそのこと、聞いてくれぬか」

「俊作ちゃんが、熱を出しているのか」

横から錬蔵が前原に問いかけた。

「わたくし事で申し訳ありませぬ。どうにも気になっておりまして、ついつい安次郎に余計な頼み事をいたしました」

恐縮しきった様子で前原が小さく頭を下げた。

「そうか。俊作が、な」

うむ、と錬蔵が首を傾げた。

わずかの沈黙があった。

顔を上げ、錬蔵が口を開いた。

「安次郎。おれは前原とともに大番屋へもどる。前原の代わりに、このまま警固にあたってくれ。前原に笹島様あての封書を預ける。封書を受け取ったら、すぐ北町奉行所へ向かえ。笹島様に直接、封書を渡し、おれから『書状を読まれた笹島様から必ず安次郎に何らかの指図があるはず。笹島様の指図に従え、と命じられている』とつたえるのだ」

「笹島様が『指図することはとくにない』と仰有られたら、どうしやしょう」

「大番屋のおれがもとへ、書状を読まれた笹島様の様子を復申にもどってこい。その折りに新たな指図をする」

「わかりやした」

向き直った安次郎が声をかけた。

「前原さん、聞いてのとおりで。俊作ちゃんの様子、自分の眼でたしかめるのが一番ですぜ」

「心づかい、すまぬ」

おもわず前原が頭を下げかけたのへ微笑んだ安次郎が、

「礼は旦那にいうのが筋というものでさ。あっしは指図された通りにするだけのことで」

「御支配」

といいかけた前原に錬蔵が、

「出かけるぞ」

短く告げて歩きだした。前原がつづいた。

ふたりが深川大番屋へ入ったのは五つ（午前八時）を告げる時の鐘が鳴り終わって、ほどなくの頃合いだった。

門番に、

「同心詰所へ行き松倉、八木、小幡におれの用部屋へ顔を出すようにつたえてくれ」

と命じた錬蔵は前原に、

「ここで別れよう。おれは用部屋へ向かう。半刻（一時間）ほど後に用部屋へ顔を出してくれ。それまでに書状を書き終えておく」

「承知しました」

小さく顎を引いて前原が踵《きびす》を返した。

しばし見送って錬蔵は足を踏み出した。

用部屋に入った錬蔵は刀架に大刀をかけ、文机の前に坐った。

文机に置かれた書付は数枚たらずだった。すべて名主たちから届け出られた住人の出入りを記したものであった。届出書に錬蔵が眼をとおし終えたとき、廊下をやってくる足音が聞こえた。廊下を踏みならす音が入り乱れている。複数の者の足音は松倉ら同心たちのものであろう。

その音が用部屋の前で止まった。

「松倉です。八木や小幡も一緒です」

戸襖の向こうからかかった声に錬蔵は、

「入れ」

とだけ応えた。

戸襖を開けて入ってきた松倉たちが錬蔵と向き合って坐った。

「呼び出されたには、急ぎ探索に仕掛からねばならぬ一件でも起きましたか」

問いかけた松倉に、

「起きた。それも支配違いの大名相手の厄介事だ」

「それは容易ならざること」

息を呑んだ松倉が八木や小幡と顔を見合わせた。

その場を一気に緊迫が包み込んだ。

「実は、すでに溝口がひそかに探索にかかわっている」

「溝口が」

「溝口さんが探索に」

ほとんど同時に松倉と小幡が声をあげた。

「溝口は、溝口は達者でおりますか。傷は癒えたのですか」

身を乗りだして八木が問いかけた。八木は他のふたりと違って溝口との付き合いが深かった。いままで口にこそ出さなかったが溝口のことをおもいやるこころが、その声音から滲み出ていた。

「傷はふさがったようだ。溝口に惚れ抜いた女が逡巡の果てに刺したのだ。突き立てた匕首に命を奪うほどの力がこもるはずもない。皮膚を切り裂き、やっと肉にたどりついたていどの浅手にすぎぬ」

応えた錬蔵に松倉が問いかけた。

「御支配は、大名家相手の探索の任に就いているゆえ、我らに溝口の動きをお知らせくださらなかったのですね」

無言で錬蔵はうなずいた。

〈そうだ〉
と、ことばにして応えることを錬蔵のこころが拒んでいた。いま松倉ら同心たちに話している溝口のことは、すべて溝口が向後、松倉たちと顔を合わせ、いままでと変わらぬ立場で付き合っていくために必要な、いわば、
〈嘘も方便〉
の類《たぐい》のものであった。おそらく松倉たちは錬蔵から、
〈溝口からは何の知らせもなかった。行方をくらましたままだったのだが、偶然、安次郎が、その所在を知ったのだ〉
と、事実をそのままつたえられたら、溝口にたいする非難、批判を口にするに違いない。
つねづね錬蔵は、
〈深川大番屋の同心たちがこころをひとつにして務めに励むよう、いかにやる気を起こさせるか〉
細心の気配りをしていた。たとえ事実であっても同心たちの間に同役にたいする不審、不満など、いらざる動揺を招く恐れのあることは、でき得る限り自分の腹の中におさめておくと決めていた。

一同に視線を流して錬蔵が話し出した。

「実はさる筋から駿河国田中藩四万石に内紛あり、との知らせがあった。動きからみて、この深川に、その田中藩の御家騒動が飛び火してきたのだ」

「飛び火してきた、とは」

問うた松倉と同じおもいなのか八木と小幡が身を乗りだした。

錬蔵は、海辺大工町にある揺海寺の住職、行心が田中藩の先代藩主の弟であること、その揺海寺を田中藩の姫君とお付きの腰元が町娘に姿を変えて訪ねてきたこと、同じく揺海寺に溝口が住み込んでいること、姫君たちを藩邸に連れ戻すべく田中藩の江戸詰めの藩士たちが数度、襲ってきたことなどを話しつづけた。

一言のことばも挟むことなく松倉たちは錬蔵の話に聞き入っている。

二

用部屋から松倉、八木、小幡が出ていった後、錬蔵は刀架にかけた大刀を手に取った。斬り合って返り血を浴びている。着替えがしたかった。錬蔵は、長屋へ向かった。

同じように安次郎も派手に暴れている。身につけた小袖も汚れているはずであった。錬蔵は長屋に帰って着替えをすまし、安次郎の衣類を見繕ってやろう、と考えていた。

急いで着替え、安次郎のための小袖や褌などの肌付《はだつけ》を取り揃えて風呂敷に包んだ錬蔵は用部屋へもどった。

文机に向かい筆を手に取る。笹島あての書状を書きすすめていった。

書き終えた書状に錬蔵が封をしているとき、戸襖ごしに、

「前原です」

との声がかかった。

「待っていた」

応えると戸襖が開けられ、前原が入ってきた。着替えたのか、さっきまでとは違いでたちをしている。戸襖を閉めて入ってきた前原が錬蔵の前に坐った。

「俊作ちゃんの風邪の具合はどうだ」

聞いた錬蔵に前原が、

「村居先生が調合してくれた薬が効いたらしく熱はまったくありません。鼻風邪が残

っているらしく鼻水を垂らしています」

笑みを含んで応えた。

「そうか。鼻を垂らしているか」

微笑んだ錬蔵に、

「御支配のお陰で俊作が恢復に向かっていることがわかり、気がかりの種が消えました。何なりと仰せつけください」

文机に置いた封書を手にとった錬蔵が、

「さっそくだが、この封書を安次郎に渡してくれ」

「承知しました」

膝行して文机に近寄った前原が封書を受け取り、懐に入れた。

「それと、これは安次郎の着替えだ。昨夜の斬り合いで小袖もだいぶ汚れていたようにみえたのでな」

と脇に置いた風呂敷包みを手にとって前原に渡した。

「安次郎に届けます。着ていたものは私が預かっておきます」

応えた前原が風呂敷包みを脇に置いて、問いかけた。

「御支配は、このまま大番屋に」

「二、三、見廻りたいところがある。その後、揺海寺へ入る。藩士たちが昼間、襲ってくることはあるまいが、安次郎が使いに出れば揺海寺の警戒が手薄になるのはあきらかだからな」

「安次郎には、御支配は揺海寺にて封書の返答を待っておられる、とつたえておきます」

「そうしてくれ。松倉、八木、小幡に交代で揺海寺の表を見張るように命じた。溝口に、三人と顔を合わせることがあったら、いままでと変わらぬ態度で接するようつたえてくれ。溝口が揺海寺にいることは、すでにつたえてある。それと」

「それと」

鸚鵡返しした前原に、

「前原はもちろんのこと、溝口や安次郎にも、おれと口裏をあわせてもらわねばならぬことがある。松倉たちには、溝口はおれの命で、支配違いの田中藩の内紛にかかわる秘密裡の探索に仕掛かっている、と話してあるのだ」

「委細承知。このこと、溝口殿や安次郎にも耳打ちしておきます」

「頼む」

「それでは揺海寺へ向かいます」

頭を下げた前原が風呂敷包みを小脇に挟み、大刀に手をのばした。

半刻(一時間)ほど後、錬蔵の姿は海辺大工町の通りにあった。深編笠に小袖を着流した浪人とも見紛う忍び姿であった。錬蔵は登代がいった、

「名も知らぬ社で一夜を明かしました」

との、ことばが気になっていた。決して登代を疑っているわけではない。ただ、ふたりが、どこで一夜を明かしたかは知りたかった。

押したら御堂の扉が開いた、という。深川は富岡《とみおか》八幡宮や永代寺などをはじめとして、あちこちに寺社が点在し、御堂だけの小さな社も数多く存在する。寺社が在所に乱立していることと、さしたる関わりはあるまいが、深川に住まう町人たちはどの寺社も分け隔てなく手を合わせる。寺や社が、町人たちの暮らしに馴染んでいるのだろう。暮らしに溶け込んでいるだけに住人たちは町内の社の手入れを細かく行っていた。見廻りの途上、小社の御堂や境内の掃除をしている町人たちを錬蔵は何度も見かけている。

町人たちが小社の手入れを細かく行うのには他にも理由《わけ》があった。

岡場所が散在する深川には無宿人が多数流れ込んできた。岡場所は公儀から認許さ

れていない、いわば〈もぐり〉ともいうべき遊里である。御上から許された遊里、吉原と違って岡場所の多い深川は御法度の取り締まりが他にくらべて厳しくない、無法が通りやすい土地柄といえた。深川に無宿人、無法者が群れ集まる要因が、そこにあった。

深川に居着いた無宿人たちは、雨露をしのぐことができる場所を探し求めた。格好の場所が深川には多数、散在していた。狭い敷地の境内に本尊一体を祀《まつ》った御堂だけの小社である。

無宿人でも腹は減る。煮炊きには、当然、火を使うことになる。火は取り扱いを誤れば火事になる恐れのある代物であった。御堂に潜り込んだ無宿人が火を出せば、風の向き、強さ次第で一町を焼き尽くすことになりかねない。火事を未然に防ぐ意味もあって住人たちは無人の小社を細かく手入れした。錬蔵の知る限り、

〈手で押せば、すぐ扉が開く御堂〉

など深川には存在しない、といっても言い過ぎではなかったのである。

歩きながら錬蔵は、手で押せば御堂の扉が簡単に開けられる理由を考えつづけた。

ほとんどの深川の御堂の扉には錠前が取り付けられている。錠前の鍵は近くに住まう地主が保管していた。

さまざまな角度から錬蔵は思案しつづけた。何度も考え直した錬蔵は、錠前が壊れていないかぎり御堂の扉が簡単に開くはずがない、との結論に達した。

錬蔵は、錠前が壊れている御堂のある小社を探すことにした。

海辺大工町は東西に広がっている。他の町より町地が大きかった。そのため俗称がつけられ万年橋の方から東へ向かって上町《かみまち》、仲町、裏町、高橋組西側、同組下組《しもぐみ》、同組中通り、同組東側の七つに分けられていた。

上町には船主明神と水神を相社とする玉穂稲荷がある。が、錬蔵は登代たちが入り込んだのは玉穂稲荷の御堂ではない、と推断していた。登代は相社がある、とはいわなかったからだ。

仲町にある深川稲荷は松平錫《すず》屋敷の敷地内にあり、日没に錫屋敷の門が閉じられると出入りできない。

ひき込み町とも呼ばれる裏町の満穂稲荷は四十八坪、高橋組西側にある道分け稲荷は十五坪の敷地を有している。錬蔵は、登代たちが上がり込んだ御堂は二社のうちのどちらかだとおもった。

歩みをすすめた錬蔵は満穂稲荷に足を踏み入れた。境内をゆっくりと歩く。御堂には錠前がかけられていた。

満穂稲荷を出た錬蔵は道分け稲荷へ向かった。脇道を二本通りすぎると道分け稲荷の赤い鳥居がみえた。道分け稲荷の前に立った錬蔵は御堂へ向かってすすんだ。御堂の観音扉には、いかにも頑丈そうな錠前がかけられていた。

満穂稲荷と道分け稲荷の御堂の扉につけられた錠前の鍵を保管している地主に、一昨夜、錠前が壊れていたかどうか聞き込みをかけるべきであった。

そう思案した錬蔵は揺海寺へ足を向けた。

松倉か、八木、あるいは小幡が揺海寺を見張っているはずであった。

聞き込みは忍び姿の錬蔵がやるより、着流し巻羽織といった、いかにも町奉行所の同心といったいでたちの者が行うほうがやりやすい。長年、探索に携わった経験から錬蔵は、身に染みつくほど、そのことを熟知していた。

急ぎ足で錬蔵は揺海寺へ向かった。同心の誰かに地主への聞き込みをかけさせる。その間は同心に代わって錬蔵が揺海寺の見張りを務めるつもりでいた。

揺海寺の近くで錬蔵は、露地の入り口の際に建つ桶屋の前に置かれた天水桶の陰で下っ引きふたりを引き連れて張り込む小幡を見いだした。

三人の同心のなかでは、もっとも動きがいい小幡が張り込みについていることは錬蔵にとって好都合といえた。

ゆったりとした足取りで錬蔵は小幡に近づいていった。

三

揺海寺の表門を見張りながら錬蔵は安次郎におもいを馳せていた。

すでに七つ（午後四時）は過ぎている。まだ安次郎は揺海寺に姿を現してはいなかった。この刻限まで顔を出さないということは、安次郎は笹島の指図を受けて動きまわっているのであろう。

いまごろ小幡は玉穂稲荷と道分け稲荷の御堂の錠前を預かっている地主に聞き込みをかけているはずであった。錬蔵の指図を受けた後、

「聞き込みの結果がはかばかしくなければ、海辺大工町界隈の御堂のある他の小社にも足をのばして探索してきます」

そういって小幡は下っ引きの鍋次《なべじ》を連れて出かけていったのだった。

いま錬蔵の傍らにいる平吉《へいきち》も、ふたりいる小幡の下っ引きのひとりだった。

いまのところ揺海寺を訪ねてくる者は誰もいなかった。それどころか怪しげな動きをする不審者も現れなかった。

何事もなく時だけが過ぎ去っていく。

昨夜の斬り合いが夢のなかの出来事であるかのような錯覚に錬蔵はとらわれていた。

寺社と武家屋敷のたちならぶ一角である。人の往来もほとんどなかった。静寂があたりを支配している。

屋敷など建家がつらなる寺社地や武家地は張り込みのしにくい一角といえた。塀がつらなっていて、身を隠す場所がほとんどないからだ。

幸いなことに揺海寺と隣り合う真光寺と町家の間に露地があり、入り口に天水桶が置かれていた。その天水桶の後ろと桶屋の外壁の間に身を潜めれば揺海寺の表の通りを見渡すことができた。

道行く町人が張り込んでいることに気づいて足を止めたときには、十手を掲げてみせれば物知り顔にうなずき、そそくさと歩き去っていくのがつねだった。

待つことしか、いまの錬蔵にはなかった。

陽が西空を赤く染め始めた頃、小幡が引き上げてきた。こころなしか表情が硬い。探索がおもうようにすすまなかったのかもしれない。

天水桶の陰から錬蔵が出て小幡に歩み寄っていった。

深編笠の端を持ち上げ、声をかける。傍目《はため》には偶然、出会った知り人に声をかけた、としかみえぬ動きであった。

気づいたのか小幡が錬蔵に頭を下げようとした。

「挨拶はいらぬ」

低いが聞き取れるほどの声で錬蔵が告げた。あわてて動きを止めた小幡に錬蔵がことばを重ねた。

「顔見知りが立ち話をしている風を装うのだ。探索の首尾を聞きたい」

躰を寄せて小幡が応えた。

「それが、聞き込みをかけた玉穂稲荷や道分け稲荷の御堂の錠前の鍵を預かるふたりの地主は口を揃えて、『この正月に、預かっている鍵で御堂の錠前を開け、明六つ（午前六時）から暮六つ（午後六時）の日没近くまで初詣のために観音開きの扉を開いて御本尊を拝めるようにしたが、それも十四日までのこと。その後は節分の豆撒きをやるときに開けただけ。錠前が壊れると無宿人が住処《すみか》にするかもしれない。よほどのことがない限り、毎日、錠前が壊れていないかどうか、あらためている』というのです」

「玉穂稲荷も道分け稲荷も錠前は壊れていなかった。手で押しただけで御堂の扉が開くことはない。そういうことだな」

「そうです。ほかに海辺大工町にある、人がふたり一夜を過ごすことができるとおもわれる御堂のある小社を三社ほどあらため、聞き込みをかけましたが、いずれも錠前に異状はなく、しっかりと鍵がかかっておりました。御堂を開けたのは正月と節分のときだけ、と聞き込みました」

うむ、とうなずいて錬蔵が黙り込んだ。

玉穂稲荷などの聞き込みにあたった小幡の探索に粗漏があったとはおもえなかった。深川大番屋詰めの同心たちのなかで際だって探索の腕をあげている小幡である。未熟な点は多々あるものの、錬蔵は小幡の探索には、それなりの信を置いていた。

助けを必要としているのは菊姫と登代である。それが助勢の手をのばしている錬蔵たちに嘘をつく。あってはならぬことのように錬蔵にはおもえた。

嘘をついてまでも隠さねばならぬ秘密を菊姫と登代は抱いているのだろう。その秘密がどんなものか田中藩の内情をまったくといっていいほど知らない錬蔵には探りようもなかった。

顔を上げて錬蔵が小幡に告げた。

「回り道して、おれは揺海寺に入る。小幡も、寄り道して張り込みのところへもどれ。どこに人の目があるかもしれぬ」

「承知しました」

別れの挨拶でもするように小さく頭を下げた小幡は、したがう鍋次に、

「見廻りをしている風を装え。途中で二手に分かれて、別々に平吉が張り込んでいる天水桶の後ろにもどるのだ」

「わかりやした」

浅く腰を屈めて鍋次が応えた。

すでに錬蔵は歩きだしていた。揺海寺から遠ざかりながら錬蔵は周囲に警戒の視線を走らせていた。人の目はないようにおもえた。

が、どこに田中藩の藩士の眼があるか油断は禁物だった。錬蔵は海辺大工町の町家に突き当たるところを右へ折れ、小名木川の河岸道を、さらに右へ曲がった。

本来、右折すると揺海寺へ行き着く銀座御用屋敷の塀の切れたところにある脇道をやりすごした錬蔵は、秋元但馬守の下屋敷と町家を区切って通じる脇道へ出て、町家が切れたところを右へ折れた。

真っ直ぐすすむと揺海寺の門前に出る。時折、歩調を変えながら歩みをすすめたが尾行する者の気配はなかった。

眼を離したわずかの間に安次郎が揺海寺に着いているかもしれない。早ければ今夜にでも笹島の指図で動くことになるかもしれなかった。

無意識のうちに錬蔵は早足になっていた。気が急いているのだろう。が、錬蔵は、逸《はや》る気持を抑えようとはおもわなかった。

あまりにも謎が多すぎた。菊姫と登代の顔が脳裏に浮かんだ。ふたりも闇に蠢《うごめ》く魑《ち》魅《み》魍魎《もうりよう》の仲間なのかもしれない。

複雑に絡まり合った謎の糸も一本、一本、辛抱強く解きほぐしていけば必ずほどける。

そう信じて動くしかなかった。

菊姫と登代を助けると決めたことを、こころのどこかで後悔している。溝口が菊姫の叔父にあたる行心の世話になっている。やっと見つけ出した溝口への気遣いが錬蔵の判断を誤らせたのかもしれなかった。

いつのまにか田中藩の御家騒動の渦中に巻き込まれている。そのことに錬蔵は、あらためて気づかされていた。支配違いの探索に踏み込んだ町奉行所の役人たちの末路が、どんなものか、錬蔵にも、おおよその推測はついた。

しかも味方であるべき菊姫と登代は、どういう事情があるかしらぬが助けと頼む錬蔵にまで隠し事をしている。まさに八方ふさがりの有り様におもえた。

　支配違いを承知の上での探索、不埒《ふらち》千万、と頑強な田中藩からの申し入れに屈した町奉行が下す御役御免の処断か、あるいは御家の秘密を知りすぎた不浄役人として、田中藩が差し向けた刺客《しかく》に闇から闇へ葬られるか。いずれにしても行く手には錬蔵を地獄へ導く獣が牙を剝いて待ち受けていることだけはたしかだった。

　いま錬蔵は、安次郎や前原、小幡ら深川大番屋詰めの同心たちを、おのれの判断の間違いから道連れにしたのかもしれぬ、とのおもいにかられていた。

　突然……。

　こころの奥底から噴き上げて来るものがあった。それは天をも焦がして燃え盛る炎に似ていた。

（田中藩の一件、必ず、おれの手で落着してみせる。間違いは、どこが間違っているか見極め正していく。手立てはそれしかない）

　無意識のうちに錬蔵は奥歯を嚙みしめていた。

揺海寺へ錬蔵が顔を出すと、安次郎がすでに庫裏の、あてがわれた座敷で待ちうけていた。

四

現れた錬蔵に気づくなり前原と話していた安次郎が立ち上がった。

「旦那、すぐ出かけなきゃなりませんぜ。暮六つに浅草広小路は東仲町の料理茶屋〈歌仙楼《かせんろう》〉に来るように、との笹島さまのおことばで」

懐から二つ折りした紙をとりだし、ことばを重ねた。

「笹島さまが描いてくださった歌仙楼への絵図で」

そういって錬蔵に手渡した。

「忍び姿というわけにはいくまい。一度、大番屋へもどって与力のいでたちに着替えねばなるまいな」

独り言ちた錬蔵に安次郎が応じた。

「あっしは、揺海寺で前原さんたちと一緒に用心棒をつとめておりやす。それと、着替えを前原さんに預けてくだすったこと、助かりやした。実をいうと返り血の臭いが染み込んでいて、げんなりしていたところでした」

「着ていた小袖などを持って行こう。衣類をくるんだ風呂敷包みはどこだ」

「そんな、勿体《もったい》ねえ。旦那に、そんなことはさせられませんや」

慌てて安次郎が顔の前で手を横に振った。

「どうせ帰り道だ。苦にならぬ。それに、今夜も揺海寺に泊まり込むことになる。何枚も手持ちの風呂敷があるわけでもない。明日の着替えに備えて風呂敷を用意しておこう、というのだ。遠慮は無用。余計な斟酌《しんしゃく》はするものではない」

笑みを含んで錬蔵がいった。

「それじゃ、おことばに甘えさせてもらいやす」

日頃の威勢のいい安次郎に似ず、さも申し訳なさそうに首を竦《すく》めて腰を屈めた。


羽織袴といった与力が出仕するときの出で立ちに着替えた錬蔵は、笹島が描いた絵図を懐に深川大番屋を出た。

浅草広小路近くの歌仙楼に来るように、と笹島は安次郎につたえている。安次郎の話だと、北町奉行所の年番方与力の用部屋で錬蔵の封書を受け取った笹島は、

「門番詰所で待つように」

と告げ、そそくさといずこかへ出かけたという。

二刻（四時間）ほどして、北町奉行所へもどってきた笹島は門番詰所に顔を出し、安次郎に錬蔵への伝言を告げ、待ち合わせる歌仙楼への道筋を描いた絵図を手渡した。

どこへ笹島が出かけていったか、錬蔵にはわかっていた。錬蔵は封書に、

〈田中藩の姫君と侍女《じじょ》が、先君の弟君が住職を務める揺海寺へ逃げ込んだ。偶然、深川大番屋の者が姫君たちを助けたことが縁で、成り行き上、警固することになったが、昨夜、黒覆面で顔を隠した武士が斬り込んできた。無頼の徒として斬り捨て、住職に顔あらためしてもらったところ田中藩の藩士とわかった。その後、葬るつもりで境内に横たえていた骸が朝方には消え失せていた。おそらく、襲撃を仕掛けてきた藩士たちが引き返してきて骸を運び去った、と推測される。これ以上、支配違いの探索にかかわってよいかどうか、指図されたい。かかわらなければならぬとすれば、田中藩の重臣と面談いたし、騒動の顚末などくわしく聞かせていただきたい。至急、手配りされたし〉

と書き記した書状を封じ込めていた。

歌仙楼で待ち合わせる、と笹島がつたえてきたことは田中藩の江戸留守居家老、村

上頼母《たのも》に会いに行き、話し合って、

〈会合を持つ〉

との結論を得たに違いなかった。

まずは村上頼母から御家騒動の仔細を聞かねばなるまい。その話から登代が、なぜ、

〈見知らぬ小社の御堂で一夜を明かした〉

と嘘をついたか、その意味を探ることができるかもしれない。そう錬蔵は考えていた。

田中藩を覆う暗雲は、いまや錬蔵はじめ深川大番屋の面々まで包み込もうとしている。

歌仙楼へ向かう一歩一歩が、深く垂れ籠めた靄《もや》の奥へ、さらに入り込む道行き、と錬蔵は感じとっていた。

歌仙楼の奥座敷で錬蔵は田中藩江戸留守居家老、村上頼母と向き合って座していた。村上頼母の傍らに笹島隆兵衛が控えている。

一言の口もはさむことなく、錬蔵は村上頼母の話を聞き終えた。先日、笹島から聞

かされたことと、あまり代わり映えのしない内容だった。顔を村上頼母に向け、錬蔵が問いかけた。

「菊姫様お付きの登代殿は女ながらも我が命も惜しまぬ忠義一途《いちず》のお人、なかなかできぬ動きと感服しております」

「登代の兄、飯塚俊太郎《いいづかしゅんたろう》は江戸詰めの藩士で目付役を拝命しておる。両親は数年前に相次いで逝去してな。俊太郎は、二十代半ばで家督を相続し、二年前から目付の任についている。多少、頑固なところはあるが正義感の強い好漢だ。妹の登代も、俊太郎同様、父ゆずりの頑固者でな、菊姫様お付きの任を拝命したときに、姫が嫁入りされても婚家先まで付き従っていく一生奉公とこころに決めております、といいはって何度も持ち上がった縁組を断り続けている。よき夫、よき子らに恵まれ、よき家を持ってこそ女の幸せ、と私はおもうのだが、何度、話して聞かせても聞く耳もたずでな。大滝殿の仰有るとおり、まさしく忠義一途の者なのじゃ」

およそ男らしくない、お多福に似た顔をほころばせて村上頼母が応えた。言外に飯塚俊太郎、登代への好意が溢れ出ていた。丸いのは顔だけではない。小柄で丸みを帯びた躰。手足も短めで、幼児がそのまま大きくなって年を経ただけ、といった様子にみえた。

「できれば飯塚殿にお会いしたいのですが」

問うた錬蔵に、

「それが江戸におらぬのだ」

応えて村上頼母が顔を曇らせた。

「江戸藩邸におられぬと」

「つい一ヶ月ほど前のことじゃった。国家老、菅田刑部ら御家乗っ取りを企む一味の動きを探りに行く、と記した私あての封書を残して出かけたまま、何の音沙汰もない」

眉をひそめた村上頼母に錬蔵が、

「何の音沙汰もないとは」

と鸚鵡返しした。

「生きているのか死んでいるのか、それこそ、ぷっつりと消息が途絶えたのじゃ」

応えた村上頼母の語尾が沈んだ。

黙然と錬蔵が笹島を見やった。笹島も意味ありげな目線を錬蔵にくれている。笹島の眼が、

〈飯塚俊太郎は国元で御家乗っ取りを企む一派に殺されたのではないか〉

と語りかけていた。

同じおもいを錬蔵も抱いていた。

が、同時に、目付役を拝命する藩士が一ヶ月も行方不明になっていることについて、藩主が参勤交代で国元に在る間は主君に代わって江戸藩邸の一切を取り仕切る任に就く江戸留守居家老の立場を考えると、

「生きているのか死んでいるのか、それこそ、ぷっつりと消息が途絶えたのじゃ」

との村上頼母のことばが、あまりにも日和見《ひよりみ》めいたものに錬蔵には感じられた。

「もちろん飯塚俊太郎殿の行方を探る手立てはとられたのですな」

問いかけた笹島に村上頼母が、ゆっくりと首を横に振った。

「それどころではござらぬ」

「それどころではござらぬ、とはどういうことでございますか」

さらに笹島が問いを重ねた。

「江戸詰めの藩士たちの半数以上が国家老の一派でござる。できれば争いに巻き込まれたくない。このまま見猿聞か猿言わ猿の三猿を決め込んでいれば家禄だけは安堵できる、と様子見の藩士が三割ほど。残る二割が殿を奉じて、このままの体制を守ろう、とする忠義の臣といったところでござろうか。ましてや飯塚俊太郎は許可を得る

ことなく脱藩同様に国元へ向かった者でござる。俄《にわか》の病の療養のため、千駄ヶ谷《せんだがや》の植木屋の離れで静養している、と体裁を取り繕って家禄を安堵してやるのが私に出来る唯一のことでな。下手な動きをすれば私の命も危ない。そんな気さえする国家老一派の傍若無人ぶりなのじゃ」

再び、無言で錬蔵と笹島が顔を見合わせた。予想もしなかった田中藩の、あまりにもひどい乱れように呆れ返っていた。

突然……。

両手を畳についた村上頼母が、

「お願いがござる。菊姫様と登代をこのまま揺海寺に匿《かくま》ってもらえるよう口添えしてもらえまいか。不肖、村上頼母が出向いて、直接行心様にお頼みするのが礼というものでござろうが、国家老一派の眼が二六時中、注がれている身。かえって行心様や菊姫様に迷惑がかかることになりかねぬ。伏して、お願い仕《つかまつ》る」

額を畳に擦りつけんばかりに頭を下げた。

「頭をお上げ下さい」

困惑を露わに笹島が声をかけた。

「願いを聞き届けてくださるか」

顔を上げて村上頼母が問いかける。

渋い顔で笹島が応えた。

「相談されたのは江戸詰めの藩士たちの諍《いさか》いがあれば、事を表沙汰にすることなく穏便に処して村上様にご連絡する。それだけのことでございました。その程度のことならば町奉行所のなかで対処できると判じましたゆえ引き受けましたが、御家騒動の渦中に身を置くとなると話は別でございます。すべて村上様と藩士の方々が動かれるべきだとおもいますが」

「しかし、田中藩の藩邸に菊姫様と登代を連れもどせば、菊姫様はともかく登代の命がなくなるかもしれませぬ。それこそ闇から闇へ葬られる恐れがある。登代の命を守るためにも揺海寺に匿ってもらうのが一番の手立てではないかと。まさしく苦肉の策でござる」

「しかし、それは村上様の勝手というもの。支配違いの我らが動くわけにはいかぬ一件でございます」

応えた笹島に村上頼母が、

「窮鳥《きゅうちょう》懐に入《い》れば猟師も殺さず、との諺もありまする。袖振り合うも他生の縁、とも申します。何とぞ、人助けとおもうて、お引き受けくだされ。菊姫様と登代の身を守ってくだされ。伏してお願い仕る」

再び村上頼母が頭を下げた。

横から錬蔵が口をはさんだ。

「村上様、菊姫様と登代殿の身を守ってくれと仰有られたが、平たくいえば、我らに、おふたりの用心棒になってくれ、ということでございまするか」

「その通りで、ござる」

顔に必死さをみなぎらせて村上頼母がつづけた。

「我が田中藩で剣の使い手と評されている者たちのすべてが国家老に加担しております。唯一、腕のたつ飯塚俊太郎は、いずこへ消えたか、いまだに行方が知れませぬ。笹島殿から大滝殿は類い希《まれ》なる剣の上手と聞いております。何とぞ、姫の警固役、いや用心棒をつとめていただきたく、ただただお願いする次第。何とぞ、よしなに。この通りでございまする」

再び村上頼母が深々と頭を垂れた。

そのまま動こうとしない。

呆気にとられた顔つきで笹島が錬蔵を見やった。

探る目で錬蔵は村上頼母を見据えている。隠し事をしている登代も、登代と口裏を合わせているとおもわれる菊姫も、田中藩の御家騒動の始末の一端を錬蔵に押しつけようとする村上頼母も、その狙いが奈辺にあるか、いまだ錬蔵には読み取れなかった。

黙り込んだ笹島と錬蔵の眼前に、両手をついて頭を下げたまま動こうとしない村上頼母が座している。

五

歌仙楼での話し合いは一刻（二時間）足らずで終わった。

「待ち合わせて会合を持ったとおもわれるのはまずい。私には、どこへ行くにも見張りがついております。用心に用心を重ねたい。別々に歌仙楼から出ることにしませぬか」

と村上頼母がいいだし、錬蔵と笹島が先に退出することになった。

歌仙楼を後にした錬蔵と笹島は無言で歩きだした。

肩をならべてすすみながら、笹島が前を向いたまま声をかけてきた。

「どうも厄介なことになってきたな。いまとなってはもう遅いが、村上様から頭を下げて頼み込まれたときに、きっぱりと断ればよかった」

「村上様は、端から菊姫様たちの警固を我らにまかせる、と決めておられたのではないかと。そう感じられてなりませぬ」

応えた錬蔵に、

「わしの見立ても同じだ。田中藩の御家騒動はのっぴきならぬところまで来ている、とみるべきであろうな。武家がらみの揉め事は評定所で裁くが定め。万が一、我ら町奉行所の手の者が探索にかかわっていることが表沙汰になると、支配違いを咎め立てされ詰め腹を切らされる羽目に陥るかもしれぬ。錬蔵を、つまらぬことに巻き込んでしまった。すまぬ」

物言いに笹島の苦衷《くちゆう》が滲み出ていた。

「何を仰有います。菊姫様たちは叔父にあたる揺海寺の行心和尚を頼って屋敷を抜け出してきたのです。揺海寺は深川は海辺大工町にある寺。深川で菊姫様をめぐって田中藩がらみの騒動が起きるのはあきらかでございます。いずれにしても深川を取り締まる任にある私は、その騒ぎに巻き込まれることになりましょう。笹島様が気に病まれるようなことは何もありませぬ」

「そうはいってもな。支配違いのことと、見て見ぬふりをする手がないではない。

大名家の御家騒動など本来、我ら町奉行所役人にはかかわりのないこと。知らぬ顔の半兵衛を決め込んでも咎めを受けることはないのだ」

「これまでの田中藩の者たちのやりようは、そこらの無頼の徒と大差がありませぬ。大刀を引き抜き、暴れまくる。いずれ深川の住人が斬り合いの巻き添えをくって斬り殺されるかもしれませぬ。そうなれば深川大番屋は事件の探索に乗りださざるを得ませぬ。田中藩にしても、御家騒動が起きているなどと幕閣に知られては御家取り潰しの憂き目にあう恐れも出てきます。田中藩の武士たちは出来うる限り身分を隠して動くはず。藩士でなければ揉め事を起こした、ただの無法者。浪人として引っ捕らえ処断するだけのことでございます」

「それしか手立てはあるまい。何にしても厄介なことだ。村上頼母様も田中藩江戸留守居家老の職責を担うには、あまりにも日和見的。あれでは藩内をきっちり取り仕切ることはできまい。厄介事はすべて他人にやらせよう、という考えの持ち主なのであろう」

「ただ深川の安穏を守る。私には、その一事あるのみでございます」

「いろいろと面倒なことになろうが、いつでも助力する。遠慮なくいってきてくれ」

「助勢を乞うための使いを、うるさいほど北町奉行所へ走らせるかもしれませぬぞ」

揶揄《やゆ》したような錬蔵の物言いであった。

「待っておる。わしも、久々に暴れてみたい気分になっている」

応えた笹島に、

「暴れるのは若い者にまかせておかれるがよろしいかと。年寄りの冷や水、という諺もありまする」

笑みを含んで錬蔵がいった。

「こやつ、いいおる」

微笑んだ笹島が錬蔵を見やった。錬蔵も、また笑みで応えた。

ふたりはその後、黙々と歩みをすすめた。八丁堀と深川へ、二手に分かれ行く辻にさしかかったとき笹島が足を止めて、告げた。

「心してかかれ。村上頼母、愛想のいい外見に似ず、腹に一物あるようにもおもえる。何があるかわからぬ」

「そのこと、承知しております」

顎を引いた錬蔵に、

「それでは、ここで、な」

ゆったりとした足取りで笹島が歩き去っていく。その姿が辻を右手に折れ町家の陰に消えたのを見届けた錬蔵は、踵を返し深川大番屋へ向かって一歩、足を踏み出した。

深川大番屋へ帰った錬蔵は長屋で小袖の着流しに深編笠をかぶった、忍びで出かけるときの姿に着替えた。

「今夜はもどらぬ」

とだけ門番に告げた錬蔵は揺海寺へ向かって歩きだした。

揺海寺の表門を通りすぎて、錬蔵は天水桶のそばで足を止めた。小幡が張り込んでいた天水桶の後ろに人の姿はなかった。

同心たち三人が話し合って昼夜三交代で張り込むことになっている、と小幡がいっていた。この刻限は松倉孫兵衛が張り込む手筈になっていることを錬蔵はおもいだした。

同心のなかで最も年嵩《としかさ》の松倉は、とかく務めの手を抜くことが多い人物だった。が、張り込みの持ち場にいない、などということは、めったになかった。

張り込む場所を変えたか、あるいは不審な人物を見かけて尾行していったか、どちらかであろう。そう判じた錬蔵はゆっくりと歩きだした。天水桶をやりすごし町家の

切れた辻にさしかかったとき、

「御支配」

と忍びやかな声がかかった。松倉のものであった。

声のした左手に錬蔵は向きを変えた。

歩み寄る。

町家の外壁に貼り付くように松倉が潜んでいた。

近寄ると松倉が早口で告げた。

「伝手《つて》を頼って、天水桶の後ろの桶屋の二階の座敷を借り受けました。御支配を見かけたゆえ裏口から出て声をかけました」

一瞬、足を止めた錬蔵だったが、

「このまま桶屋の二階へもどれ。気づかれぬようにしろ」

それだけ低く告げて歩きだした。

背後で松倉が外壁沿いに遠ざかる気配がした。錬蔵は、そのまま町家の建ちならぶ一角を鉤《かぎ》形に回って、再び揺海寺の表門へ通じる通りへ出た。

揺海寺の庫裏に着いた錬蔵を溝口、安次郎、前原が出迎えた。

あてがわれた座敷に入ろうともせず錬蔵が溝口に告げた。

「行心様や菊姫様、登代殿に話がある。庫裏の接客の間へ集まってほしいとつたえてくれ」

「直ちに」

立ち去る溝口を見やっている錬蔵に安次郎が声をかけてきた。

「菊姫様と登代さんが着替えが欲しいと仰有るんで、河水楼《かすいろう》へ行って藤右衛門《とうえもん》親方に衣類の手配を頼み込みました。政吉《まさきち》に手伝ってもらい、小袖などはあり合わせの、出来るだけ地味なものを見繕って借り、湯文字や襦袢《じゅばん》などの肌付は、まだ使っていない抱えの遊女たちの買い置きのものを取り揃えてきましたが、よかったかどうか」

頭をかいた安次郎に錬蔵が応えた。

「緊急の折りだ。間に合わせのもので十分。気にすることはない」

目線を移して、ことばを重ねた。

「前原、明日は朝一番に大番屋へもどれ。恢復に向かっているといっても俊作ちゃんのことは気にかかっているはず。朝餉を一緒に食べてやれ。昼前までに揺海寺にもどって来ればよい。その後、入れ替わりにおれが大番屋へもどり届け出られた書付に眼を通し、安次郎の着替えを持ってもどってくる」

「あっしは、ずっと溝口さんと一緒にお姫様たちのお守りですかい。どうにも堅苦しくていけねえ。たまにゃ綺麗どころとたらふく酒が呑みたい気分ですぜ」

にやり、として安次郎が軽口を叩いた。

「酒を呑むのは待ち受けている修羅場を切り抜けてからだ。そのときは、とびきり、うまい酒になる」

不敵な笑みを浮かべて錬蔵が応えた。

四章　両刃之剣《もろはのつるぎ》

一

揺海寺の庫裏の接客の間で、錬蔵は菊姫、登代、行心を前に村上頼母との会談の一部始終を話しつづけた。錬蔵の背後に溝口、前原、戸襖のそばに安次郎が控えている。

話を聞き終えた行心が大きく溜息をついた。

「まさに、呆れ果てた、としかいいようのない田中藩の江戸屋敷の有り様だな。主君の妹である菊姫付きの侍女、登代の命も守れぬほどの乱れようだというのか。情けない話だ。村上頼母は江戸留守居家老としての職分を果たす覚悟はないのか」

穏やかな口調だったが抑えきれぬ歯がゆさ、悔しさが、その声音《こわね》から滲み出ていた。

重苦しい沈黙がその場を支配している。

わずかの間があった。

口を開いたのは登代だった。

「御家老は、兄が許可を得ることなく〈国元の様子を探る所存〉と記した書状のみを残して旅だったと仰有ったのですね」

問いかけに錬蔵が応えた。

「そのように聞いているが」

目線を登代に据えてことばを重ねた。

「なぜ、そのようなことを問われるのか、存念のほど、聞かせていただきたいが」

「それは」

いいかけて登代が、つづくことばを呑み込んだ。

「それは、とは」

さらに問いかけた錬蔵に登代が視線をそらした。

「いえ。何やら、いつもの兄らしくない振る舞いだと、ふと、そんな気がしただけのこと。確たるものは何もありませぬ。御家老が、封書を残し許可を得ることなく旅だった、と仰有っているのなら、そのとおりなのでございましょう」

じっと錬蔵が登代を見つめた。こころの奥底までをも覗きみようとするかのような鋭い眼光だった。

気配を感じて登代が顔を上げた。錬蔵を見つめ返す。その目に、何ひとつ話さぬ、との覚悟を決めた、強い光が陽炎《かげろう》のように立ちのぼっていた。

「わたしは、ほんとうに、兄の出奔について何もしらないのでございます」

きっぱりと登代が言い切った。これで話を断ち切る、との頑強な意志が物言いに込められていた。

突然……。

菊姫が声を上げた。

「わかりませぬ。なぜ、わらわがこのような目にあうのか。なぜ従うべき家臣たちが、兄上や、わらわに逆らうような真似をするのか。もう、何もかもが厭《いや》でございます」

顔を行心に向けて、つづけた。

「叔父上、わらわは尼になりとうございます。仏門に帰依《きえ》し尼となれば、丹羽の家との俗世の縁は切れましょう。尼になり好きな書物などを読んで日々、安らかな気持で暮らしとうございます」

あまりに強い菊姫の口調に錬蔵や安次郎、前原、溝口も瞠目《どうもく》した。登代は困惑を露わに息を呑んで菊姫を見つめている。

凝然と菊姫の顔に目線を据えていた行心がおもむろに語りかけた。

「菊、それはならぬぞ」

一膝にじり寄って身を乗りだし菊姫が声を高めた。

「なぜ、ならぬのでございます。叔父上は、出家なされ、ここ揺海寺の住職になられたではございませぬか。わらわが尼になってはならぬ理由はどこにもありませぬ」

「菊、それは違う。わしが出家したのは嫡男である兄が先代藩主を継ぎ御家が安泰したのを見届けてからのことじゃ」

「すでに兄上が、御家を継いで田中藩藩主となっております。いまや、わらわも叔父上と同じ立場でございます」

「同じ立場ではない」

「同じ立場ではない、と。それは、なにゆえ」

問いかけた菊姫に、

「当代藩主、丹羽備後守様は生来、病弱の身だ。その上、まだ正室を迎えてはおらぬ。側室との間に子も生《な》してはおらぬ。跡継ぎがいないのだ。急な病にて備後守様が、突然、身罷《みまか》ることもないとはいえぬ。そのとき、田中藩はどうなる。跡継ぎなきをもって取り潰された大名家は数多くあるのだぞ。取り潰された大名家の家臣たちは禄を離れて明日の暮らしにも困ることになりかねぬ。藩主の一族には藩士たちの、いや領民たちの暮らしの安穏を守る責務があるのだ。備後守様の躰が弱り、逝去《せいきょ》する恐れが生じたときには、前もって菊を、御三卿や大名家など、しかるべき家柄の御方に娶《めあわ》せて田中藩の安泰、存続を計らねばならぬ。菊には、まだ田中藩の安泰を背負わねばならぬ責務があるのだ」

「お断りいたします。菊は、好ましいとおもうた御方と共白髪まで暮らすと決めております。国元の叔父上も、それがおなごとしての幸せ、と申しておられました。兄上が身罷られたら、ふたりいる叔父上のどちらかが藩主になられたら、よろしいのではありませぬか。菊は田中藩などいりませせぬ」

「政隆め、つまらぬことをいいおって。よいか、政隆は放蕩三昧《さんまい》に明け暮れ、政とはおよそ縁遠い者。つねに夢想にふけっているだけのこと、いうことなど聞いてはならぬ」

「政隆叔父上も仰有っておいででした。仏門に帰依した兄上は人と争うことを厭《いと》って何事も曖昧にし、落着を先送りにしては時が事を収めてくれるまで待ちつづける御方、いうことを真面目に聞いてはならぬと」

一瞬、唖然となった行心が渋面をつくって頭を掻いた。

「政隆め、そんなことをいいおったのか。兄を敬うこころを持たぬ不埒者《ふらち》めが。困り果てた奴だ」

ぼそり、と独り言ちた。

その行心のことばで再び、その場に沈黙がおとずれた。

ややあって……。

顔を上げた錬蔵が行心に声をかけた。

「夜も更けました。それでは、これにて引き上げまする」

深々と頭を下げた。溝口たち三人が、無言で、それにならった。

溝口と前原、錬蔵と安次郎、それぞれの組に庫裏に泊まるための一間があてがわれていた。

座敷に入るなり錬蔵が小声で話しかけた。

「安次郎、向後、登代殿から目を離すな。外へ出かけるようなことがあれば後をつけ、行く先を突き止めるのだ」

「旦那が登代さんに問いかけられたときにわかりやした。旦那は、登代さんを疑っているってね。何かありやしたんで」

「登代殿が『名も知らぬ社で一晩、明かした』といっていたな」

「まさか、そのことが真っ赤な嘘だった、というんじゃないでしょうね」

問いかけた安次郎が半信半疑の気持でいることは、その物言いから推測できた。

「その、まさか、だ。小幡に調べさせたが、海辺大工町に手で押したらすぐ扉が開くような錠前が壊れていた、あるいは錠前がかけられていなかった社は存在しなかった」

「それでは菊姫さまと登代さんは、どこに泊まったんで」

「わからぬ。この深川に登代殿の知り人が住んでいる。そうとしかおもえぬ成り行きだ」

「菊姫さまに町人の知り合いがあるとは、とてもおもえねえ。十中八九、登代さんの知り合いでしょう。その知り合いの住まいが海辺大工町にあるとして、そこにふたりが泊まったとしたら、菊姫さまも登代さんと口裏を合わせて泊まったところを隠している、ということになりやすね」

「さきほど聞いたとおり登代殿のあの様子では、訊いてもすんなり応えてくれるとは、とてもおもえぬ。登代殿は、いずれ動き出すはず。いつ何時、訪ねても必ず泊めてくれるほどの知り人だとすれば、御家騒動の手がかりになる何かを知っているはず。是非とも、その知り人と住まいを突き止めたい」

「わかりやした。抜かりなく見張りやしょう」

鋭く眼を光らせて安次郎が浅く腰を屈めた。

二

翌朝、予定を変えた錬蔵が前原とともに深川大番屋へ帰って一刻（二時間）ほど後のこと、揺海寺におもいがけぬ人物が訪ねてきた。

若党ひとりを従えた村上頼母である。

竹箒を手に溝口とともに境内を掃いていた行心は、

「お久しぶりでございまする」

とかけられた声に振り返った。

丸っこい躰をさらに丸めて村上頼母が腰を屈め、深々と頭を下げていた。

「頼母か。久しいのう。五年ぶりか」

昨夜、錬蔵から聞かされた話では、

「二六時中、見張られている身。揺海寺を訪ねては行心様や菊姫様たちに迷惑をかけることになりかねませぬ。それゆえ揺海寺へは足を向けぬつもり」

と村上頼母は語っていた、という。

が、いま、その村上頼母が愛想のいい笑みを浮かべて行心の眼の前に立っている。

行心は狐につままれたような気になって、しばし村上頼母を見やっていた。

「いかが、なさいましたか」

覗き込む目つきで村上が行心に問うた。

わざとらしく咳払いして行心が、

「いや、五年前と、まったく変わっておらぬとおもってな。年をとらぬ秘訣でも聞きたいものだ。本堂へ上がるがよい」

先に立って歩きだした。

「積もる話もありまする。時を忘れて過ごしたいとおもうております」

浅く腰を屈めて応え、つづいた。

本堂で本尊の阿弥陀如来《あみだにょらい》の木像を背にした行心と向かい合って坐るなり村上頼母が話しかけた。

「昨夜、北町奉行所年番方与力、笹島隆兵衛殿、同じく北町奉行所の与力にして深川大番屋支配の職にある大滝錬蔵殿と、とある料理茶屋にて会合を持ちました」

「そのこと、大滝殿より話を聞いておる」

「すでにお耳に入っておりまするか」

そこで、ことばを切った村上頼母が大きく溜息をついて、つづけた。

「面目次第もございませぬ。すべて江戸留守居家老、不肖、村上頼母の不徳のいたすところでございます」

「菊姫と登代はわしが全知全能を尽くして守り抜く。さいわい、助勢してくれている者たちは手練《てだれ》揃いじゃ。わしの知るかぎり、田中藩の藩士たちの剣の業前では、とても太刀打ちできまいよ」

「田中藩には剣術指南役もおりまする」

「大場甚五佐《おおばじんごのすけ》か。大場も御家乗っ取りを企てる一派に加わっていると申すか」

「大場は国元におりまする。乗っ取りに与《くみ》しているかどうか、さだかにはわかりかねます。ただ」

「ただ、なんじゃ」

「国元の藩士のほとんどが政隆様を次なる藩主に迎え、病弱の御主君、備後守様には隠居いただいて藩の安泰を計るべし、との国家老、菅田刑部の主張に共鳴している模様、と城代家老の渡《わた》部《べ》兵衛《ひょうえ》が密かに知らせてきております」

「政隆が藩主として田中藩の当座の安泰を計り、さらに菊姫を御三卿、大名家などの若君に娶せて長期の安泰を望む。それは、それで、田中藩安泰の、ひとつの策だとわしはおもう。なぜ、そちは菅田刑部が御家乗っ取りの謀略をめぐらしていると申すのだ」

「政隆様のお人柄は、よくご存じのはず。放蕩三昧にくわえて能に鼓《つづみ》、横笛に尺八などの芸事に明け暮れておられる、およそ政には不向きな御方。政隆様が藩主になられたら、政はすべて国家老の菅田刑部まかせとなるは明らか。菊姫様の縁組の相手となる若君選びも菅田刑部のおもうがままに運びましょう。菅田刑部が意のままに動かすことのできる、浮世離れした、政にはおよそ縁遠い、どこぞの若君に菊姫様を娶せる。出来ぬ話ではありませぬ」

うむ、と行心が首を捻った。

しばしの間があった。

顔を村上頼母に向けて行心が告げた。

「話は聞いた。騒ぎの中心にあるは菅田刑部だというのだな。菅田の動きを封じる手立てはあるのか」

「それがよき手立てをおもいつきませぬ。藩士たちをひとりひとり説き伏せて、正気づかせることしか手立てはないかと」

「それでは騒ぎはおさまるまい」

「このまま菊姫様が身を隠しておられれば時を稼げまする。その間に、頼母、菅田刑部と刺し違える覚悟で騒ぎをおさめるべく動き回る所存」

「その覚悟、潔《いさぎよ》し、とみた。頼りにおもうぞ。見事、御家に仇為す菅田刑部一味を退治してくれ」

「必ず御家を守りまする」

決意をみなぎらせて村上頼母が深々と頭を下げた。

安次郎は登代の動きが気になっていた。本堂の出入りを見張ることのできる庫裏の一間の板戸を、細めに開けて様子を窺っている。安次郎は、登代があてがわれた菊姫の隣りの座敷から忍びやかに抜け出たのを見届けている。

「登代殿から目を離すな」

と錬蔵から命じられた後、安次郎は登代の住まう座敷を見張ることの出来る一間に移っていた。

戸襖を細めに開けて安次郎が登代の座敷を張り込んでいると、溝口がやって来て廊下から戸襖ごしに、

「いま田中藩江戸留守居家老、村上頼母様がおいでになりました。行心様のお指図があるまで座敷から出てはなりませぬ」

そう告げて去っていった。溝口は安次郎が近くの座敷にいるのを承知の上で菊姫と登代に声をかけたに違いなかった。

歩き去る溝口の廊下を踏む音が消えると、登代の座敷の戸襖が音もなく開いた。人一人通れる程度に開けられた戸襖から登代が擦《す》り抜けるように出てきて、忍びやかな足取りで境内の方へ歩き去っていった。

わずかの間も置くことなく静かに戸襖を開けて安次郎は廊下へ出た。忍び足で登代の後を追う。登代が本堂の出入りを見張れる座敷に入ったのを見届けた安次郎は境内へ出て、その座敷を張り込むことの出来る木の後ろに身を置いた。

春の陽差しが境内に降りそそいでいる。木の根元に腰を下ろしている安次郎は、傍《はた》目《め》には、朝っぱらからのんびりと日向ぼっこしているようにみえた。

が、安次郎の眼は一瞬の油断もなく登代の潜む座敷の板戸の細めに開けられた狭間《はざま》

に据えられていた。

近くで春を告げる鶯《うぐいす》が、いい声で鳴いている。揺海寺の境内に植えられた木々のどこぞの枝に羽根を休めているのだろう。安次郎のおもいは、いつしか鶯に向いていた。隣り合う寺からも鶯の鳴き声が聞こえてくる。

寺のつらなる一角であった。安次郎はあちこちの寺で鶯が鳴いているのに気づいた。耳をすますと、それぞれに鳴き方の違いがあるのがわかる。多くの鶯が鳴き声を競っているかのように感じられた。

正直いって、安次郎は驚いていた。

いままで鶯の鳴き方に違いがあるなどと考えたこともなかった。安次郎は鶯たちの奏でる合唱に、うっとりと聞き惚れていた。

境内に安次郎が出てから半刻（一時間）ほどして、本堂から村上頼母と行心が出てきた。階《きざはし》から境内に降り立った村上頼母に行心が話しかけた。

「菊姫と登代には会わずに帰るがよかろう。頼母の顔を見たら『江戸藩邸の仕切り、不行き届きであろう。何をいたしておる。江戸留守居家老の職責を、つつがなく果たさねばなるまい』と菊姫も小言のひとつもいいたくなるはず。平身低頭を何度、繰り返しても、一度、怒りだしたら止まらぬ菊姫の気性、なまなかなことでは許してもらえぬであろうよ」

「たしかに。田中藩藩士をふたつに割っての騒動がおさまるまでは、菊姫様の前には顔を出さぬのが処世の知恵というものかもしれませぬ。心づかい、痛み入ります」

と村上頼母が頭を下げた。

「騒ぎが落着した、とのよき知らせ、心待ちにしておるぞ。それまで菊姫と登代は預かっておく」

「なにとぞよしなにお願い申しあげまする」

再度、村上頼母が深々と頭を下げた。

階の脇に控えていた若党をしたがえて村上頼母が表門へ向かって歩いていく。

木の根元に腰を下ろしていた安次郎が裾を払って立ち上がった。

あわてて木の後ろに身を隠す。

庫裏から出てきた登代が手にした草履を置いて履《は》いた。顔を表門の方へ向けている。村上頼母の様子を窺っているのはあきらかだった。

表門の潜り口から村上頼母と若党が出ていく。小走りに表門へ向かった登代が扉を開けて潜り口に身を入れた。木の後ろから姿を現した安次郎は登代の後をつけるべく早足で表門へ向かった。

三

ゆったりとした足取りで村上頼母が歩いて行く。その後を建家の外壁をつたうように登代がつけていた。その登代を安次郎が尾行していく。村上頼母と登代、登代と安次郎の間はそれぞれ一町（約百九メートル）ほどあいていた。

つけていくうちに安次郎は、あることに気づいた。村上頼母に従う若党の身のこなし、足の運びに隙がなかった。安次郎も免状こそ受けていないが剣は皆伝の腕である。そのことは錬蔵も認めていた。皆伝の腕に達するには、それなりの修行を積んでいる。その安次郎がみても若党の後ろ姿から、不意打ちを仕掛けても、必ず躱《かわ》されるであろう、と判断せざるを得ないほどの気が発せられていた。名人上手でなければ察し得ぬ気配であった。

時折、若党は首を左右に振ったり、回したりしている。一見、肩がひどく凝っているために無意識のうちにやっている仕草のようにみえた。

が、安次郎は視線の端で登代の姿をしかと見極めるための若党の所作だと推断していた。

海辺大工町の通りをまっすぐにすすんだ村上頼母たちは万年橋を過ぎて大川沿いに左へ曲がり、上ノ橋を渡った。さらに左へ折れて仙台堀の河岸道を行き、松永橋の手前を右へ枝川に沿ってすすんでいった。

これまでに三度、村上頼母たちは道を曲がっている。そのたびに若党は首を回しては左右に振った。振った首の動きからみて若党の眼は確実に外壁沿いにつけてくる登代の姿を捉えているに違いなかった。

そのことに登代が気づいていないのは、いままでと変わらぬ動きをしていることからみても明らかだった。

おそらく登代は、兄の飯塚俊太郎などから尾行のやり方を教えられ知識として知ってはいても、実際に行うのは初めてなのだろう。登代の動きは、いかにもぎこちないものだった。

西永代町の町家が建ちならんでいる。村上頼母と若党は中ノ堀に架かる豊島橋の数軒手前にある料亭〈巴亭《ともえ》〉に入っていった。

巴亭は深川名物の鰻《うなぎ》料理を売り物にする見世で、朝から、なかなかの繁盛ぶりであった。村上頼母が揺海寺を訪れた刻限は五つ（午前八時）を半刻近く過ぎていた。軽め朝餉《あさげ》を食しただけで出かけてきたのだろう。昼餉には早い刻限だというのに、村上頼母と若党が巴亭に入っていったのは、おそらく空腹を覚えたからに違いない、と安次郎は推し量った。

巴亭の店先で登代は、しばし途方に暮れた様子で立ち尽くしている。町家と町家の間には人ひとり歩けるほどの通り抜けが設けられていることが多かった。安次郎は巴亭から数軒ほど仙台堀寄りの町家の通り抜けに身を隠した。

じっと登代を見つめる。

周囲を見渡した登代は枝川の岸辺に歩み寄った。巴亭の表を見張ることのできる岸辺で膝を折った登代は川面を眺める風情を装った。

突然……。

慌てた素振りで登代が巴亭に向けていた顔を背《そむ》けた。

半ば反射的に安次郎は巴亭の表へ眼を向けた。

巴亭から村上頼母の若党が一歩、足を踏み出していた。立ち止まり首を傾けて回し、右肩を拳で軽く叩いて腕を回し、豊島橋のほうへ歩いていった。

豊島橋を渡って若党は右へ折れた。若党は中ノ堀沿いに歩いていく。その姿は、やがて安次郎の視界から消えた。

登代は若党の動きを目で追っているようにみえた。安次郎のいる場所からは登代の斜め後ろの姿しかみえなかったが、その躰が若党の歩みにつれて少しずつ背中を向けていくのが、よくわかった。

小半刻（三十分）ほどして若党が戻ってきた。手に数箱ほど折を抱えている。

多くの堀川が、さながら碁盤の目のように町々を切り裂いて流れている深川は、川魚や鰻、浅蜊《あさり》、蜆《しじみ》などの名産地でもあった。佃煮を売り物にする佃島とともに、深川は川魚に浅蜊、蜆などの佃煮も名物となっていた。

食べ物を詰めた折を手に下げているところをみると若党は佃煮など深川の名物を求めるために出かけていったのであろう。

さらに半刻（一時間）ほどの刻限が過ぎ去った。登代は町家と町家の間に通り抜けがあることに気がついたのか、見張る場所を巴亭と隣りの町家の間に移していた。

やがて、巴亭の表口から村上頼母が出てきた。若党がつづく。

ふたりは豊島橋を渡り、そのまま油堀へ向かってまっすぐにすすんだ。通り抜けから出てきた登代が、村上頼母たちの後を追った。安次郎が、さらに登代をつけていく。

油堀に架かる千鳥橋を渡った村上頼母と若党は右へ曲がった。ふたりは、つけてくる登代に気づいているはずなのに振り向こうともしなかった。

千鳥橋を渡りきって登代は右に折れた。小走りに行く。意外なほどの登代の足の速さに安次郎は急ぎ足となって千鳥橋へさしかかった。

千鳥橋のなかほどで安次郎は足を止めた。予想もしなかった光景が展開されていたからだ。

一升徳利を下げた、みるからに町道場にいついた無頼浪人とみえる男たちが登代の行く手に立ち塞がっていた。

酒に酔っているようにもみえるが、浪人たちの足はふらついてはいなかった。それほど酔っているようにはおもえなかった。咄嗟に安次郎は浪人たちの人数を数えた。

五人いた。

腰に長脇差を帯びた安次郎は、土地《ところ》のやくざ者としかみえなかった。やくざ者が無頼浪人と斬り合う。よくあることであった。無傷で登代を助けるには、少し相手の人数が多いような気がして安次郎は、うむ、と首を捻った。

一手おもいついたのか、安次郎は懐に手を突っ込んだ。

十手を取り出す。

じっと見つめた。

「気はすすまねえが、仕方がねえ。十手風を吹かせるのは、おれの好みじゃねえが相手は無頼浪人だ。十分、こいつに備わっている御上の御威光ってやつが役にたつ」

独り言ちた安次郎が目線を登代へ向けるのと、

「無体な、狼藉《ろうぜき》は許しませぬぞ」

甲高い声を登代が上げるのが同時だった。

摑んだ手を登代に振り払われたのか浪人のひとりがよろけた。

それがきっかけとなった。

浪人たちは登代の動きを封じるように中ノ堀に向かって半円状に取り囲んだ。

「狼藉は許しませぬぞ、だと。町の娘が武家娘のような口を利くな。それとも町娘は変装姿で、ほんとは武士の娘ではないのか」

一升徳利を手にした浪人が薄ら笑いを浮かべて一歩、迫った。

一歩、登代が後退る。

「ほんの一刻ほど酒の相手をしてくれればいいのだ。女っ気のない酒盛りは味気ないものでな。にこり、と笑って相手をしてくれぬか」

だみ声を張り上げて浪人のひとりが登代に向かって顔を突き出した。

「もし、酒の相手をお断りしたら、どうなさいます」

「腕ずくで、酒の席に引きずっていくだけのことよ」

「その上で、裸にひん剝いて、われらと情を交わし合う、というのはどうだ。ひとりで五人を相手にする。めったにないことだ。いいおもいができるぞ」

「命を失うのと躰を奪われるのと、どちらがいい。どちらかを選べ」

相次いで吠え立てた浪人たちが薄ら笑って迫った。

「見下げ果てた、その言いぐさ。浪人とはいえ、二本の大小を腰に帯びるは、れっきとした武士の証《あかし》。恥を知りなされ」

さらに後退って登代が声高に告げた。

「恥など、我らにはない。とうの昔にどこぞへ捨ててきたわ」

手にした一升徳利を口元へ持っていき、ぐびり、と浪人が酒を呷《あお》った。

さらに一歩、浪人たちが包囲の輪を縮めた。

その動きにつれて、登代も一歩下がった。その踵《かかと》が通りの端に触れた。ちらりと後方へ目を走らせた登代は岸辺に追い詰められたことを覚った。

浪人たちを睨み据えた登代は髪に挿した平打ちの簪《かんざし》に手をのばした。

その動きを見咎めた浪人が、

「あくまで逆らうつもりか。おもしれえ」

手の一升徳利を口に運び、さらに酒を呑んだ。

一升徳利を口から離して、ぎろり、と眼を剝き登代を睨みつけて浪人がわめいた。

「この女の小袖を剝ぎ取れ。長襦袢姿では人目を恥じて通りを歩くことも、ままなるまい。そのほうが連れ去るには好都合だ」

「いい考えだ。楽しみができたぜ」

卑しい笑いを浮かべて浪人のひとりが上から下まで舐めるように登代の躰を見やった。

「おのれ。恥知らず」

引き抜いた簪を登代が胸の前で構えた。

「たっぷり可愛がってやるぜ」

一升徳利を帯に結わえつけて浪人が凄みのある笑いを浮かべた。

「簪で刺されても死にはせぬ。かかれ」

その下知に浪人たちが襲いかかろうと身構えたとき、

「悪さはそこまでにしな。片っ端から引っ括《くく》ることになるぜ」

声がかかったかとおもうと、背後から浪人の脳天に十手が叩きつけられた。

悲鳴をあげた浪人が血の滴《したた》る頭を押さえて地面をのたうった。

浪人たちが一斉に振り向くのと登代が驚愕に目を見開くのが同時だった。

「安次郎さん」

その登代のつぶやきが安次郎に聞こえたかどうか。安次郎は逆手に握った十手を構えながら鋭い眼差しを浪人たちに据えた。

激痛にのたうつ浪人を別の浪人が抱き起こした。

「頭が割れている。傷は深いぞ」

その声を受けて一升徳利の浪人が吠えた。

「十手の威光でおれたちを黙らせようとしても無駄だ。仲間が深手を負わされたのだ。武士の面子にかけて、このまますますわけにはいかぬ」

「なら、どうしようというんでえ」

応えた安次郎に、

「切り刻んでくれる」

一升徳利の浪人が抜き打ちに安次郎に斬りかかった。

身を躱しながら横に飛んで安次郎が登代を背後にかばった。

「安次郎さん、あなたはわたしをつけていたんですね」

問いかけた登代に、

「話は後だ。登代さん、こいつらは端《はな》から、おまえさんの息の根をとめてもいい、とおもっているようだぜ」

十手を懐にしまい込んだ安次郎に右手の浪人が斬りかかった。長脇差を抜きはなった安次郎が大刀を鎬《しのぎ》で受けて浪人の向こう臑《ずね》を横様に蹴り飛ばした。

足払いをかけられた格好となった浪人が堪《こら》えきれずに横倒しに崩れた。倒れた浪人を助けようと突きを入れてきた左手の浪人の大刀を安次郎が叩きおとした。体勢を崩した浪人が倒れていた浪人の躰に足をとられて転がる。地面に転がるふたりの浪人の位置していたあたりが穿《うが》たれて、包囲の輪が崩れた。

「行くぜ」

いきなり安次郎が登代の手を摑んだ。

刹那《せつな》……。

予期しなかったことに登代が躰を強張らせた。

「一緒に走るんだ」

長脇差を振り回しながら登代の手を引いた安次郎が走り出した。乱れる裾も気にとめることなく登代が安次郎に引きずられんばかりに走り出した。

包囲を突破した安次郎が登代を突き飛ばして浪人たちに向き直った。登代を振り向くことなく怒鳴った。

「逃げろ。早くしねえか。おれひとりなら切り抜けられる。逃げるんだ」

「しかし」

よろけた登代が踏みとどまって体勢をととのえ安次郎を見返った。

「安次郎さんは」

「早く逃げろ。突っ走れるだけ走りつづけるんだ」

背中を向けたまま声高にいうなり、長脇差を振りかざして安次郎が浪人たちに向かって斬り込んでいった。

「逃げます。安次郎さんのいうとおりにします」

「早く行かねえかい」

斬り合いながら安次郎が怒鳴った。

「行きます」

小さく頭を下げ、登代が走り出した。

「逃がすか」

追おうとした浪人のひとりの前に安次郎が立ち塞がった。

「てめえらは、ここで足止めでえ」

横薙ぎに長脇差を払った。

受けようとした大刀が弾かれて安次郎の長脇差が浪人の頬を切り裂いた。

ふたつに割られた頬から噴き出した血と激痛に浪人が大刀を取り落として倒れ伏した。

「引け。引くのだ」

一升徳利の浪人がわめいた。浪人たちが背中を向けて走り出した。足払いをかけられた浪人も、大刀を叩きおとされ転倒した浪人も、よろめきながら逃げ去っていく。

一升徳利の浪人がつづいた。

「助けて。堪忍」

血の滴《したた》る頬を押さえながら、のたうつ浪人が喘《あえ》いで哀願した。

「命だけは助けてやる。けどな、てめえの看病をしてやる義理は何ひとつ、ねえんだ。痛みを嚙みしめて、今後、悪さはつつしむんだな」

浪人を冷ややかに見やった安次郎が鍔音高く長脇差を鞘に納めた。

四

　揺海寺の庫裏の菊姫にあてがわれた座敷に入ってきた登代の顔には、おもいつめたものがみえた。青ざめてさえいる。

　立ち上がった菊姫が登代に声をかけた。

「いつの間にか姿が見えなくなっていたので心配しておりました。どうしたのです。何かあったのですね」

　菊姫の前に坐り両手を突いて登代がいった。

「姫さま、わたしは間違っておりました」

「間違っていた？　何が間違っていたというのです」

　膝をついた菊姫が登代の手を取った。登代と膝を突き合わせるようにして坐った。

「姫さま、わたしは危ういところを安次郎さんに、また助けてもらったのです」

「安次郎さんに助けてもらった？　いったい、どうしたというのです」

「村上さまが不意に来訪されたので、座敷から出ぬようにと溝口さんが声をかけられたのを覚えておいでですか」

「覚えております。その後、登代が足音を忍ばせて自分の部屋から出ていったのも気づいておりました。すぐ、もどってくるとおもっていたのに、なかなか帰ってこない。それで心配していたのです」

「お気づきでしたか。心配をかけたくないとおもい、できるだけ忍びやかに動いたつもりでしたが」

「頼母を、つけたのですね」

問うた菊姫の顔が厳しい。

「そうです。先だって姫さまに申し上げたとおり村上さまは嘘をついておられます。兄は、村上さまを訪ね、国元へ出向き政隆さま擁立の陰謀の有り様を秘密裡に探索することについて許しを得ております。それを、村上さまは断りもなく国元へ向かった、と大滝さまに仰有いました。大滝さまは村上さまが、姫さまとわたしを守ってくれと頼み事をした相手。兄が出立したときの事情を隠さねばならぬ深い理由があるとはおもえませぬ。ならば、隠したい理由が村上さまにあるのではないか。そう疑ったのでございます」

「つけたら、異変に出会った。そうなのですね」

「村上さまは若党ひとりを従えておいでででした。初めて見る若党でした」

料亭〈巴亭〉に村上頼母主従が入っていったこと、早めの昼餉をすませたとおもわれる村上頼母たちが巴亭から出てきたので後をつけたところ、無頼浪人たちにからまれ、いずこかへ連れ去られそうになったところを安次郎に助けられたことなどを、登代は一気に語って聞かせた。

一言も口を挟むことなく菊姫は聞き入っていた。登代が話し終えるのを見計らって菊姫が問いかけた。

「安次郎さんは登代をつけていたのですね」

「おそらく大滝さまの指図かと」

「あのときと同じように命がけで登代を守ってくれたのですね、安次郎さんは」

「二度、これで二度も危ういところを助けてもらいました」

「さっき登代が、間違っていた、といっていましたが、その理由《わけ》を聞かせておくれ」

「姫さま、大滝さまと安次郎さん、溝口さん、ご浪人風の前原さんと仰有るお方、皆さま、信じるにたるお方とおもわれます。大滝さまに助けていただいた夜に泊まった町家のことなど、秘密にすべきことは一切、話さぬようにと姫さまに申してまいりましたが、すべてを話し、大滝さまや安次郎さんたちのお力に縋《すが》るべきではないかと、そう考え直したのでございます」

「なぜ江戸詰めの家臣たちが藩邸の離れにわらわを軟禁したのか、わからぬ。一年前は、皆『姫、姫様』と呼びかけ、笑顔を向け、親しげな態度で接してくれていた。それが、いまは、皆、尖った眼でわらわをみる。なぜじゃ、なぜ、皆、変わったのじゃ」

「それは、殿の病弱につけこんで田中藩をおもうがままに支配しようとの謀略をめぐらす一派が暗躍しているからでございます。江戸藩邸にも、悪の一味に加担する藩士がはびこっているからでございます」

「頼母は、すべて国家老の菅田刑部が企んだこと、と申しておったが」

「はたして、そうでしょうか。そのことは、村上さまが仰有っていたこと。村上さまのことばが真実を告げているものかどうか、登代は、いまは強い疑念を抱いております」

「兄の飯塚俊太郎も頼母を疑っていた。そう話していたな、登代は」

「さきほど襲ってきた浪人たち、ひょっとしたら村上さまが差し向けた者たちかもしれませせぬ」

「たしかな証でもあるのか」

「それは……ただ、安次郎さんがいっていいました。浪人たちは端からわたしの命を奪うつもりでいるようだ、と。初めて顔を合わせた相手でございます。殺してもいい、とおもうには、それなりの理由があるかと」

「浪人たちは誰かに、いや、頼母に雇われたのではないか、と登代はおもっているのか」

「疑っております」

「そうか、頼母は怪しいというのか」

つぶやいて菊姫が黙り込んだ。

しばしの沈黙が流れた。

目を向けて菊姫がいった。

「登代、叔父上に相談しましょう。叔父上が、大滝さまたちにすべて話せ、と仰有ったら、皆さまに集まっていただき話を聞いていただきましょう」

「それがよろしゅうございます。さっそく行心さまに」

気が急《せ》くのか登代が腰を浮かせた。

昼過ぎに揺海寺へ姿を現した錬蔵に気づいて、庫裏の濡れ縁に腰掛けていた安次郎が地面に降り立ち歩み寄ってきた。

「どうした?」

声をかけた錬蔵に、

「村上頼母さまが前触れもなく揺海寺に参られました」

応えた安次郎に、

「村上様が?」

訝《いぶか》しげに錬蔵が首を傾げた。村上頼母とは昨夜、会ったばかりである。その折、村上頼母は揺海寺に来るとは一言もいっていなかった。むしろ、

「私には、どこへ行くにも見張りがついております。用心に用心を重ねたい」

といっていたのだ。それが、菊姫が身を隠している揺海寺を訪ねている。

「用心に用心を重ねたい」

と口に出したにしては、たとえ先君の弟である行心が住職を務める寺だとしても、いまは、藩邸を抜け出した菊姫と登代が身を潜めている揺海寺に村上頼母が顔を出したことに、どこか腑に落ちないものを錬蔵は感じたのだった。

声をひそめて安次郎が、さらにことばを継いだ。

「その村上頼母さまの帰り道を、登代さんがつけていったんでさ」

「登代殿が」

た。そしたら」

「登代さんから眼を離すな、といわれていたんで、あっしは登代さんの後をつけまし

料亭〈巴亭〉に入った村上頼母の若党が土地の名産でも買いにいったか一度、巴亭から出て折を手に下げて、もどってきたこと。軽めに腹ごしらえをしたとおもわれる村上頼母たちが巴亭から出てきた後を、さらに登代がつけていったら、千鳥橋を過ぎたあたりで無頼浪人たちにからまれ、あやうく拉致されそうになったのを助けたこと。若党が揺海寺を出て間もなく、登代の尾行に気づいていたような気がすることなど、安次郎は錬蔵にくわしく話して聞かせた。

聞き終えた錬蔵が首を捻った。

ややあって、安次郎に顔を向けた。

「登代殿にからんだ無頼浪人たちのなかに見知った顔はなかったか。深川の町道場にたむろしている浪人たちではなかったのか」

「それがみんな、初めて見る顔で」

応えた安次郎に、

「あらかじめ手配して、どこぞに潜ませていたのかもしれぬな」

ぼそり、と錬蔵が独り言ちた。

「あらかじめ手配して、といいやすと、誰が浪人たちを手配したと仰有るんで」

「村上頼母様よ。ちと考えすぎかもしれぬがな」

にやり、とした錬蔵に、

「ないとは、いえねえかもしれませんね」

まともな口調で安次郎が応えた。

「そういえる、何かを感じたのか」

問いかけた錬蔵に安次郎が、

「いえね。あっしが揺海寺にもどったら溝口さんが声をかけてきて、『行心様から、菊姫様、登代さんたちが田中藩の騒動の顚末を洗いざらい話したい。その上で、あらためて助力を乞いたいといっている、と申し入れがあった。御支配が来られたら、皆で接客の間に集まって会合を持つ段取りになっている』という話でして。それで、あっしは濡れ縁に坐って旦那を待っていたという次第で。会合の前に尾行の経緯をお耳に入れておいたほうがいいとおもいやしたんで」

「よく気づいてくれた。安次郎のいうとおりだ。無頼浪人たちがあらかじめ手配されていたんではないか、と安次郎が感じた根拠もよくわかった」

「では、旦那がいらしたことを溝口さんと前原さんにつたえてきやす」

そういって安次郎は庫裏へ走っていった。悠然とした足取りで錬蔵がつづいた。

庫裏の接客の間で行心と錬蔵は向き合って座していた。行心の脇に菊姫、菊姫に従うように登代が控えていた。錬蔵の背後に溝口、前原、戸襖の近くに安次郎が坐っている。

硬い表情で登代が話を切り出した。

「まず、お詫び申さねばならぬことがあります。実は、わたしは嘘を申しておりました」

「嘘とは、初めて出会った夜、どこぞの名も知らぬ社の御堂で一夜を明かした、ということですかな」

応えた錬蔵に驚愕に目を見開いて登代が、

「ご存じでしたか」

「われら深川大番屋へ詰める者たちは探索するのが務め。疑うべきことはすべて調べる。それが探索の鉄則です」

「申し訳ありませぬ。女の浅知恵でございました」

深々と頭を垂れた登代の横から菊姫が、

「すべてわらわの身を案じてのこと。誰が味方か疑心暗鬼の日々を過ごしておりましたゆえ、登代もわらわも疑り深くなっておりました。ましてや、あの夜、泊めてもらったところは敵に知られてはならぬお人の家」

さらに行心もことばを添えた。

「その者のことは秘密にしておいた方がよい、と悪知恵をつけたのはわしじゃ。責めはわしにもある。一方ならぬ世話をうけながらの隠し事、申し訳ない。このとおりだ」

深々と行心が頭を下げた。菊姫も、それにならった。

「すんだこと、気になさらぬがよい。われらは務めを果たしているだけのことでござる」

応じた錬蔵に行心が問うた。

「務めを果たしているとは」

「我ら深川大番屋詰めの者たちの務めは深川の住人たちの安穏を守る。その一事に尽きまする。田中藩の御家騒動が深川の地に飛び火し住み暮らす者たちの誰かが巻き添えをくって斬られるなどせぬよう、出来うるかぎり未然に食い止める。そうこころがけているだけのことでございまする」

うむ、とうなずいて行心が応えた。

「深川の住人たちの安穏を守るが第一、と申すか。さもあろう。わしも父からよく言い聞かされた。藩主たる者、領民の暮らし向きに気を配り、日々、安穏に過ごすことができるような政をこころがけねばならぬと、な」

「領民の暮らし向きに気を配り、日々、安穏に過ごすことができるような政をこころがける」

聞き取れぬほどの小声であった。行心のことばを繰り返した菊姫のつぶやきを錬蔵は聞き逃してはいなかった。

素知らぬふりをして錬蔵は問いかけた。

「登代殿、あの夜、どこに泊まられたか。聞かせていただこう」

「あの夜は、かねて『危急の折には、ここを訪ねよ』と密かに兄より教えられておりました商家に泊めてもらいました。わたしが幼い頃、数ヶ月ほど、我が家に中間《ちゅうげん》として奉公しておりました海辺大工町にある儀助《ぎすけ》の住まい、干魚問屋〈網干屋《あぼしや》〉が泊まったところでございます」

「干魚問屋、網干屋」

つぶやいた錬蔵が記憶の糸をたどる顔つきとなった。

網干屋が高橋の近くにあることを錬蔵はおもいだした。

「高橋近くにある網干屋ですな」

「ご存じでしたか」

「深川の町々を見廻るのも仕事のひとつ。どこにどんな見世があるか、出来うる限り頭のなかに叩き込むようにしています」

そういって錬蔵は目線で登代に話のつづきを促した。

「儀助はわずかな恩を忘れぬ義理堅い男でございます。いまでも亡き父のことを命の恩人と慕ってくれています」

「命の恩人とは」

「わたしが二歳になるかならぬかの頃、些細なことがもとで儀助が上役の若党と口論になり取っ組み合ったとお思いください。揉み合ううち儀助に投げ飛ばされた若党が庭石に頭をぶつけ、当たり所が悪かったのか、そのまま息絶えたそうでございます。上役からは『儀助を渡せ。我が家の若党の敵討《かたき》ちだ。首をはねてくれる』と厳しい催促。が、儀助から喧嘩の経緯を聞いた父は〈儀助に落ち度はない。先に脇差を抜いたは若党の方。儀助は我が身を守っただけのこと〉と申し、上役に『諍《いさか》いの後、儀助は屋敷にはもどらず、いずこかへ姿を消しました』と言い張り、儀助を密かに逃がしてやった由」

「後年、儀助は恩を忘れることなく父上を訪ねてきたのですな」

「十年ほど前、使いの者に封書を託して、あの折のお礼を申したく、と儀助がつたえてきたのでございます。はじめは父ひとりで会ったそうですが、儀助とは妙に気があい、身分をこえての付き合いがつづき、やがて父は兄を伴って儀助のもとを訪れるようになった。そう兄より聞いております。父に封書を寄越したときには、陰日向なく働きつづけた儀助は、干魚問屋の娘に懸想《けそう》され両親からも気に入られて養子となり、商いを隆盛させていた頃だったようで」

「兄上は田中藩のだれにも付き合いを知られていない網干屋をつなぎの場、あるいは危急の折り、逃げ込むところと決めておられたのですな」

「兄は陰謀の黒幕は江戸留守居家老、村上頼母さまではないかとの疑念を抱いておりました」

意外な登代のことばであった。錬蔵は問うた。

「村上様が陰謀の黒幕とな。証でもあるのか」

「証を得るために兄は国元へ旅立ったのでございます。江戸には国元の動きはつたわってきませせぬ。すべて村上さまからの話でございました」

「村上様は国元の動きを誰から知らされているのだ」

「城代家老の渡部兵衛さまからの密書が出入りの商人を通じて村上さまに届けられておりますそうで」

「国元の動きを知る手立ては、渡部様よりの密書だけというわけか」

うむ、と錬蔵は首を傾げた。田中藩の国元へ出向いて陰謀の全容を調べ上げたい、との衝動にかられた。

が、それは出来る相談ではなかった。大名家の騒動である。あきらかに支配違いの一件だった。それ以上に、深川大番屋支配の職にある錬蔵は、深川の地を離れることは出来なかった。

(御家騒動の仔細、どう探索するか)

黙り込んだ錬蔵は、いつしか思案の淵に沈み込んでいった。

重苦しい沈黙が流れた。

その場にいる皆が錬蔵の次なることばを待って凝然と座している。

五

「安次郎さん、おりやすか。平吉です」

　境内から声がかかった。

「平吉が、いったい何の用だろう」

　腰を浮かした安次郎が錬蔵らに顔を向けて、小さく頭を下げた。

「どうせ野暮用だとおもいやすが、話を聞いてきやす」

　そういって立ち上がり戸襖を開けた。

　接客の間から出ていって戸襖を閉めた安次郎の足音が遠ざかっていく。

　一同に視線を流して錬蔵が告げた。

「御家騒動の仔細は、あらかたわかりました。向後、どう動くべきか少し考えさせてくだされ」

「わしはもちろんのこと、菊も登代も、大滝殿の指図にしたがう所存。何なりと命じてくだされ」

　応じた行心が菊姫と登代を見やった。

「よろしく頼みます」

わずかに頭を下げて菊姫がいい、

「すべてご指図のままにいたします」

深々と登代が頭を下げた。


濡れ縁の前に立っていた平吉が手にしていた竹皮の包みを掲げてみせた。わざとらしく大きな声でいった。

「頼まれていた鰻の蒲焼き四人前、買ってきやしたぜ」

「すまねえな」

いいながら近寄った安次郎が問いかけた。

「何かあったのかい。平吉さんも笑顔をつくりな」

ことばとは裏腹、安次郎の顔は笑っていた。

「見張りがついていますぜ。気づいただけで、ごろんぼ浪人五人に月代の手入れの行き届いた侍が五人。合わせて十人といったところでさ。小幡の旦那が御支配に知らせてこい、といわれたんで来やした」

ひきつった笑いを浮かべて平吉が応えた。遠目には頼まれたものを届けに来た知り合いと安次郎が談笑しているようにみえるはずだった。

ぽん、と安次郎が平吉の肩を叩いた。

「ありがとうよ。小幡の旦那に、よろしくつたえてくんな」

「気をつけな。みるからに強そうな奴らだ」

だいぶ笑うことに慣れてきたのか平吉が、そういって小さく頭を下げた。

背中を向け歩き去っていく平吉を見送るふりをしながら安次郎は周囲に視線を走らせた。塀屋根のどこかに身を伏せて見張っている武士がいるかもしれない。

表門の潜り口から平吉が出ていくまで安次郎は庫裏の濡れ縁に立っていた。塀屋根に人の気配はなかった。どうやら見張りは表にしか配置されていないようだった。

ゆっくりと踵を返して安次郎が庫裏の奥へ入っていった。

接見の間に入ってきた安次郎の顔に緊迫があった。

「どうした？」

問いかけた錬蔵に安次郎が応えた。

「平吉が、揺海寺に見張りがついている、と知らせにきましたんで。小幡の旦那の指図だといってました」

横から溝口が口を挟んだ。

「小幡にしては上出来だ。探索の腕を上げたな」

傍らの前原が口を挟んだ。

「いまでは松倉さんや八木さんより頼りになる。御支配も、そうおもっていらっしゃるはずだ」

「そうか。ついこの間まで小生意気な小僧っ子でしかなかったんだが、それほどの成長ぶりか」

こころの底から驚いている。いままでの外連《けれん》の多い溝口からは考えられないほどの素直な口調だった。

そんなやりとりを見やっていた錬蔵が、

「小幡は、深川に住み暮らす者たちの安穏を守る、ただそれだけのことを考えて務めているのだ。無我夢中でな」

「そうですか。無我夢中で、つとめているのですか」

しんみりした溝口の物言いだった。

（いままでの自分の務めぶり、生き様を溝口は振り返っているのだ）

そんな気がして錬蔵は溝口を見つめた。

突然、行心が声をかけてきた。

「見張りがついているとなると菊と登代を、このまま揺海寺に置いておくわけにはいきませぬな。いつ何時、押し入られるかわからぬ。大滝殿、菊たちを匿《かくま》ってくれるところに心当たりはないかの」

「咄嗟にはおもいつきませぬ。深川大番屋に匿えればもっとも好都合ですが、支配違いの壁は越えられませぬ」

「虫のいい願いだとおもうが、陰謀をめぐらす一派は手段を選ばぬ輩《やから》のようにおもえてならぬ。昼間は見張りつづけ、夜は細かく襲撃を仕掛けてくる。狙う相手の神経を逆なでし、真綿で首を締め付けるような手立てをとりつづけるような気がしてならぬのだ」

困惑を露わに行心がいった。

「たとえ、そうだとしても火中の栗を拾ってくれるような人物がいるかどうか」

つぶやきながら錬蔵は胸中で、

（この深川に、深川の安穏を守るためには、あえて火中の栗を拾う人物が、ひとりだけいる）

と独り言ちていた。

深川のために、あえて火中の栗を拾うであろうその人物の名は、

〈河水楼の主人、河水の藤右衛門〉

であった。

河水の藤右衛門は門前仲町にある茶屋〈河水楼〉の楼主であった。河水楼の他に表《おもて》櫓《やぐら》、門前東仲町などの深川七場所に茶屋十数店を有する、深川では、

〈三本の指に入る顔役〉

と噂される人物であった。顔役といっても、いわゆる無頼の、やくざ渡世に身を置いているわけではない。あくまでも茶屋の主人らしく、

〈女の色香と遊びを売る商人〉

として稼業に励む者であった。

商売の繁盛を第一と考える藤右衛門は商いに災いをもたらす無法者を手厳しく扱った。河水の藤右衛門は無頼にたいする強大な力をも備え持っていたのである。

顔を行心に向けて錬蔵が口を開いた。

「心当たりがないわけではありませぬ。が、相手のあること。まずは事を分けて話して引き受けてもらえるかどうか、諾否《だくひ》をもらわねばなりませぬ」

「何とぞよしなにお願い申す」

姿勢を正し、膝に手を置いた行心が深々と頭を垂れた。

高橋の渡り口を左へ折れた錬蔵は仙台堀に架かる海辺橋へ向かって歩みをすすめていた。左手に霊巖寺《れいがん》の大伽藍《がらん》が花曇りの空を断ち切って聳《そび》え立っている。

歩きながら錬蔵は思案にとらわれていた。

河水の藤右衛門が菊姫と登代を匿うことをすんなり引き受けてくれるとはおもえなかった。

（もし断られたら、どうする？）

とのおもいが強い。

他に誰かいるか考えつづけたが、菊姫たちを匿ってくれる相手は思い浮かばなかった。

堂々巡りの思索がつづいている。何度考えても、

（揺海寺に籠城するしかない）

との結論に達してしまう。その場合、田中藩の陰謀をめぐらす一派は、どのような手立てで仕掛けてくるだろうか。

いつしか錬蔵は霊巖寺門前町の通りをすすんでいた。参拝に来る者たち相手の茶店

や土産物屋、蕎麦《そば》屋などがつらなっている。人の往来が激しかった。

向かい側に辻番所のある三叉路にさしかかった。左へ折れると霊巖寺門前町のつづく通りとなる。

斜め右手へ行くと海辺橋であった。牧野備前守の下屋敷の塀が切れたところにある辻番所を左に見て錬蔵は歩きつづけた。このあたりは上田藩や秋田藩の下屋敷、旗本屋敷が通りの両側に建ちならぶ一角で、昼間でも人の行き交いが途絶えがちな一帯であった。

深編笠に小袖という忍び姿の錬蔵は、人の通りが失せたことも気にとめぬほど思案の淵に沈み込んでいた。

突然……。

思索から錬蔵を一気に醒めさせるほどの殺気が背後から浴びせられた。

鯉口を切ったものの、後ろから迫った一刀を躱《かわ》すのがやっとだった。左へ躰を回しながら大刀の柄に錬蔵が手をかけた瞬間、眼前を白い光が走った。

被った深編笠の重みが錬蔵の動きをわずかに鈍くしていた。

不意打ちの一刀を、錬蔵は身を低くし頭をそらして、かろうじて避けた。

が、前頭部に微かな衝撃を覚えていた。

不覚、としかいいようがなかった。

急に視界が開けた。

眼前が広がったかに感じたのは深編笠の前面を切り裂かれたためであった。

次の瞬間、腰を落として踏みとどまった錬蔵の腰から一陣の閃光が迸《はし》った。

斬りつけた浪人の小袖が右脇腹から左脇腹に向かって切り裂かれ、内側から鮮やかな紅色に染まっていった。

たたらを踏んで錬蔵の脇を抜けた浪人が、手にした大刀の重みに耐えかねたか、そのまま前倒しに崩れ落ちた。

上田藩下屋敷の海鼠塀を背に錬蔵は右下段に構えた。

眼前に、半円状に錬蔵を囲んだ小袖に袴の浪人たちの姿があった。いずれも正眼に構えている。一癖ありげな、金のためなら人殺しも厭わぬ顔つきだった。身のこなしからみて、かなりの剣の使い手とおもえた。

命のやりとりをする三人の浪人と睨み合いながら、錬蔵は御家乗っ取りを画策する一派が揺海寺の出入りに見張りをつけた狙いを読み取っていた。

菊姫と登代を警固する錬蔵、前原、溝口、安次郎のいずれかが、ひとりで外歩きする機会をとらえて、ひとりずつ殺して戦力を削《そ》いでいく策をとったのだと錬蔵は覚ったのだった。

まずはこの場を切り抜けねばならなかった。

包囲の輪が縮まれば一気に突きかかられる恐れがあった。

三方からの突きを避ける手立てはなかった。錬蔵は、包囲の輪が狭まる前に斬って出る、と腹を決めた。

真正面の敵を狙えば左右から同時に斬りかかられる。狙うは左か右の敵であった。が、斬り込んで鍔《つば》迫り合いとなれば背後から斬りかかられるは必至だった。

（一太刀で仕留められぬときは、おのれの命が果てる）

そう見立てた錬蔵は、隙を見いだすべく浪人たちの一挙手一投足をも見落とすまいと鋭く目線を据えた。

五章　奸策奇策《かんさくきさく》

一

浪人たちが一歩、包囲を縮めた。

間髪《かんはつ》を容《い》れず……。

右下段に置いた大刀を左八双に振り上げながら錬蔵が右手の敵に向かって斬りかかった。正面と左に位置していた浪人が錬蔵を追って動いた。左手の浪人が錬蔵の後ろから斬りつける。

結句《けっく》、統率のとれない動きとなった。斬りつけた切っ先が錬蔵の正面にいた浪人の躰をかすめる。紙一重のきわどさで正面の浪人が切っ先を避けるべく後ろへ飛んだ。

斬りかかられた浪人が仲間のふたりの動きに一瞬、気をとられた。錬蔵に容赦はなかった。その虚をついて右袈裟《けさ》に刀を振っていた。右肩を切り裂かれた浪人が躰を右に回すようにして倒れ込む。

正面にいた浪人が後ろへ飛び、斬られた浪人が倒れたことで、左手に錬蔵の行く手を遮るものが失せた。

牧野家下屋敷の塀が切れたところには辻番所がある。辻番所には常時、番太郎が交代で詰めていた。錬蔵の味方となるであろう番太郎のいる辻番所まで残った浪人たちが追ってくるはずはない。そう推断した上での錬蔵の動きだった。

案の定、辻番所へ走り錬蔵が表戸へ手をかけたときには、すでに浪人たちの姿はなかった。錬蔵に斬り伏せられた浪人の骸が塀際に転がっているだけだった。

辻番所に顔を出した錬蔵は、骸の片付けをするよう番太郎に命じた。荷車を用立てて来た番太郎とともに錬蔵は骸のところへ向かった。ふたりの番太郎が浪人の骸を荷車に積み、辻番所へ向かって運んでいくのを見送った錬蔵は、海辺橋へ向かって歩きだした。

河水楼に藤右衛門はいた。

帳場の奥の座敷に招じ入れた藤右衛門が向き合って坐るなり、錬蔵が小脇に置いた深編笠に眼を止めた。

「忍び姿でお出かけのところを何者かに襲われたようですな。深編笠の前面が切り裂かれている。危なかったですね」

深編笠を手にとり、しげしげと切り裂かれた部分を眺めながら錬蔵が応えた。

「考え事をしていたのだ。相手があることでな。無理強《じ》いはできぬので、引き受けてもらえる、いい手はないかと思案投げ首の有り様であった。まだまだ未熟ということだ」

「大滝さまの腕が未熟となれば、この世に剣の名人上手は存在しなくなります。相手もなかなかの腕前だったのでは」

「人を斬りなれた連中とみた」

「狙った相手に心当たりは」

「ある」

はっきりと言い切った錬蔵に一瞬、眼を細めた藤右衛門が、

「ある、とは」

問いかけた声に緊迫があった。

「実は、な」

田中藩の御家騒動にかかわる顛末《てんまつ》を錬蔵は藤右衛門に話して聞かせた。

聞き終わった藤右衛門は、

「それでは大滝さまに不意打ちを仕掛けた浪人たちは、田中藩の謀略を企む一派が差し向けた刺客《しかく》」

「まず間違いあるまい」

「厄介な事に巻き込まれましたな」

応えた藤右衛門を見つめて錬蔵が告げた。

「実は、藤右衛門に頼みがあるのだ」

「田中藩の姫君と侍女を匿《かくま》ってくれぬか。そういうことですな」

「引き受けてくれるか」

首を傾げた藤右衛門を錬蔵が凝然と見つめた。

眼を向けて藤右衛門が錬蔵に問うた。

「田中藩の騒動、長引きますかな」

「手をこまねいていれば、おそらく、だらだらとつづくだろう。江戸留守居家老の村上頼母様は何を考えておられるのか、つかみどころがない人物。それゆえ」

「敵か味方か。そのことさえわかりかねる。そう仰有りたいのですな」

無言で錬蔵がうなずいた。

「揺海寺の住職が田中藩当主の叔父にあたるお方、ということであれば菊姫さまたちは、ずっと深川に潜みつづけられるかもしれませぬな」

「いずれ田中藩の藩士たちは、陰謀派か、当主を守り立ていまの形を守りつづける一派かに、はっきりと色分けされるはず。今までの体制を守る一派のなかには、当主の立場を守ることより藩の安泰がつづき自分の家禄さえ安堵することができれば、それでよし、とする日和見《ひよりみ》的な考えの持ち主も数多くいるだろう」

「田中藩の藩士それぞれの旗色が決まるまで、時間がかかる、といわれるのですな」

「それまでの間、この深川は田中藩の御家騒動の舞台になる。二派の斬り合いの巻き添えをくって命を落とす者がでるかもしれぬ」

「支配違いの壁がある。だから強引な探索ができない。そういうことですな」

問うた藤右衛門の眼が厳しい。

「我らには支配違いの壁。田中藩には騒動が表沙汰になれば公儀の咎《とが》めを受け、御家取り潰しになる恐れ。立場上、それぞれが弱みを持っているわけだ。また、我ら町奉行所役人が支配違いを承知の上で動いて、探索した結果を記した上申書を評定所に差し出すには御奉行の手を煩《わずら》わせねばならぬ」

「御奉行さまの手で上申書が握り潰されるに違いない、といわれるのですな」

「そうだ」

空に目線を浮かせて藤右衛門が黙り込んだ。

口を噤《つぐ》んだまま錬蔵は藤右衛門がことばを発するのを待っている。

「深川で暴れるかもしれぬ余所者《よそもの》を黙って見過ごすわけにはいきませぬな」

「おれは、とことん戦う気でいる。幸いなことに、おれは田中藩を乱す輩《やから》を引き寄せる囮《おとり》にもなりうる姫君と侍女から、助勢してくれ、と頼まれている」

ふっ、と凄みのある笑みを片頬に浮かべた藤右衛門が、

「おもしろいことを仰有る。田中藩の姫君と侍女は囮、でございますか」

「囮にもなりうる、といったつもりだが」

不敵な笑みで錬蔵が応えた。

「その様子では、何やら秘策があるとみましたが」

問いかけた藤右衛門を錬蔵が見据えた。

「秘策かどうかわからぬが、その策を行うには藤右衛門の力が不可欠なのだ」

凝然と藤右衛門が錬蔵を見つめ返す。

その藤右衛門の目線と錬蔵の目線が激しくぶつかりあい、絡み合った。

ふっ、小さく息を吐いて藤右衛門が表情をやわらげた。

「大名家相手の喧嘩、命がけの出入りとなりますな」

「それゆえ無理強いは出来ぬ、とおもうているのだ」

「大滝さまは、すでに御家騒動の一派から刺客を放たれている。もはや逃げようがありませぬな」

「まさしく俎板《まないた》の鯉だ。むざむざやられるわけにはいかぬ。やるしかないのだ」

「大滝さまひとりを俎板の鯉にするわけにはいきませぬ。河水の藤右衛門、共に俎板の鯉となりましょう。深川は、深川に住み暮らす者たちの持ち物でございます」

　ことばを切って藤右衛門が錬蔵を見据えた。

「その秘策、お聞かせください」

「手配りがつけば今夜にでも動きたい。策はこうだ」

　身を乗りだした藤右衛門の眼光が鋭い。


　揺海寺にもどった錬蔵は安次郎に声をかけ、共に前原と溝口にあてがわれた座敷に入った。

　上座にある錬蔵と向き合って前原と溝口、戸襖の近くに安次郎が坐っている。錬蔵が告げた。

「前原、急ぎ深川大番屋へもどり、お俊に、ひとりで河水楼へ行くようつたえてくれ。探索の手伝いだ、となと」

「お俊をひとりで行かせるのですか。送り届けたほうがいいのでは」

「お俊と前原が知り合いだとわかってはまずいのだ。必ず前原をつけていく者がいる。お俊が深川大番屋を出ていくのをつけてきた者に気づかれぬように心掛けてくれ」

「尾行してきた者の眼を私がひきつけるようにします。裏門に見張りがついていなければお俊に裏門から出るようにいいます」

「そうしてくれ。河水楼についたら藤右衛門の指図にしたがうように、とお俊にいってくれ。それと安次郎、前原と一緒に行くのだ」

「揺海寺の守りが手薄になりやす。お俊への伝言なら前原さんひとりで十分だとおもいますが」

「実は、おれが河水楼へ向かう道すがら、浪人三人が斬りかかってきたのだ。揺海寺を出たときからつけてきたのだろう。不覚にも思案にふけり警戒を怠った。それで深編笠の前を切り裂かれた」

一瞬、三人が息を呑んだ。

「田中藩が放った刺客ですか」

気色ばんで溝口が声を上げた。

「おそらくな」

三人が顔を見合わせた。

「これは、おれの推測だが、御家乗っ取りを企む一派は菊姫様と登代殿を警固するおれたちをひとりずつ殺していくつもりではないか、とおもうのだ」

「それで、御支配は私に安次郎と行を共にしろと指図されたのですね」

問うた前原に錬蔵が告げた。

「向後は、外へ出るときには、つねにふたりで行動するのだ。狙われている。用心するにこしたことはない。よいな」

三人が大きく顎を引いた。

深川鞘番所の裏門から出たお俊が河水楼についたときには、すでに陽が落ちていた。

見世のなかに入っていくと、帳場の傍らに坐って藤右衛門と話していたお紋《もん》がお俊に気づいて立ち上がった。所在なさげに土間に立ってあたりを見回しているお俊に歩み寄ってお紋が声をかけた。

「お俊さん、すぐ支度にとりかからなきゃならないんだよ。何せ、時がないんだからね」

「支度？　何の支度をするんだい」

「お俊さんを深川芸者に仕立て上げなきゃいけないんだよ」

「あたしが深川芸者に。何のために、あたしがそんな格好しなきゃならないのさ」

「わけは支度しながら話して聞かせるよ。さあ、上がった、上がった」

気が急《せ》くのかお紋が、いきなり、お俊の手を取って廊下に引っ張りあげた。

二

「いくら菊と登代の行く先をくらますためとはいえ、御本尊の前で酒宴を催すのはいささか気がひけるの。が、危急の折りの苦肉の策。御本尊も許してくださるだろう」

本尊の千手観音の木像に向かって行心が手を合わせた。行心の傍らに菊姫と登代が控えている。本堂の開け放した板戸の両脇に坐って錬蔵と溝口が境内に警戒の眼を向けている。

開け放した表門の両脇に立ち番をする前原と安次郎の姿があった。

「御支配の話だと、そろそろ来てもいいのだが」

通りを見やって前原が安次郎に声をかけた。

「急な手配りだ。いくら河水の親方でも打ち合わせた手順のとおりに事をすすめるのは、むずかしいんじゃねえかと、そう、あっしはおもってるんですがね」

そういいながらも安次郎の眼は前原とは反対の方角の通りへ向けられていた。

「来た」

前原が声を上げた。安次郎が振り向くと二挺の駕籠が揺海寺へ向かってくる。駕籠の脇に従っているのは、いつもは〈河水楼〉と見世の名が入った半纏《はんてん》を身につけているのだが、今夜はなぜか無地の半纏を羽織った政吉と富造だった。それぞれの手に酒樽を下げている。

別の駕籠舁《かき》の掛け声が聞こえた。振り返ると、政吉たちのつき従う駕籠と向き合うように二挺の駕籠が揺海寺に近づいてくる。ふたりの男衆が駕籠に従っていた。政吉たち同様、無地の半纏を羽織っている。男衆は肴《さかな》を入れた茶弁当箱を手にしていた。

「先陣をつとめる四挺の駕籠がご到着か。駕籠二十挺、二挺一組で、しめて十組、芸者衆を乗せた駕籠の御入来だ。揺海寺の本堂で開く花見の宴だ。こいつはおもしろくなりそうだぜ」

門前の通りに飛び出して安次郎が駕籠に向かって大きく手を振った。そんな安次郎に、町家の陰に身を潜めた武士や浪人たちが鋭い目線を注いでいる。

これ見よがしに表門が開けてあった。揺海寺の本堂からは三味線や太鼓、芸者たちの嬌声が聞こえてくる。

表門の脇に身を置いて境内を窺っていた三人の二本差しがいた。いずれも小袖に袴をはいている。そのなかのひとり、三十代後半とみえる武士は羽織を纏《まと》っていた。その羽織の武士は、左右にいるふたりの武士の態度、物腰から推し量って一目置かれているかのようにおもえた。

武士のひとりが羽織の武士に話しかけた。

「二十挺もの駕籠に芸者を乗せて呼び寄せ酒宴を催す。田宮《たみや》殿、揺海寺の住職は、見かけ倒しの、とんだ生臭《なまぐさ》坊主ですな」

「今朝方、用心棒としてついてきてくれ、と村上様からいわれ、若党に変装して揺海寺へ出向いたが、住職の行心様は学識豊かな、かなりの堅物とみえた。このような酒宴を催すお方とはとてもおもえぬ」

いま発したことばから推断して田宮と呼ばれた武士こそ、登代を尾行していった安

次郎に、

〈後ろ姿に一分の隙もない〉

　と言わしめた若党に相違なかった。

「田宮殿は皆川町《みながわ》で一刀流の道場を開いておられる剣の達人。近々、村上様の推挙で江戸詰めの藩士たちの剣術指南役になられるとの話。その田宮殿からみて姫様たちを警固している者たちの業前、どうみられます」

「登代という御女中、深川大番屋の大滝錬蔵の両者に不意打ちを仕掛けた身共《みども》の内弟子たちは、いずれも目録以上の腕前。その門弟たちが登代をかばった長脇差を帯びた下っ引きや大滝錬蔵に何人か倒され、一太刀も浴びせることなく引き上げてきたということからみて、皆伝の腕ではないか、と」

「皆伝、でござるか。目録がやっと、という腕前の我ら江戸詰めの者たちが束でかかっても仕留めるのはむずかしゅうござるな」

「それゆえ村上様はかねて親交のあった不肖、田宮郷助《ごうすけ》に助力を求められたのだ」

「そのうち一手御指南くだされ」

「少々手荒い。それを承知なら、いつでもお相手いたす」

「手荒いのですか。怪我などしたら務めがおろそかになりますなあ」

気乗りしない口調で武士がつぶやいた。

「これより後の段取りだが、張り込んでいる皆につたえてもらいたい」

「何とつたえますので」

「二挺一組で二十挺の駕籠が揺海寺についたが、そのうちの二挺は、おそらく空駕籠」

「空駕籠ですと」

「二挺の空駕籠は姫君とお付きの侍女をいずこかへ運び出すために用いるのであろう。酒宴は、姫君たちを匿う新たな場所を我らに突き止められぬために催した目眩《めくら》ましの手段に相違ない」

「それでは」

「揺海寺より出てきた駕籠を皆で手分けして尾行し、行く先を突き止めねばなるまい。尾行にしくじれば姫様たちの行方を探しだす手間が増えることになる」

「すぐにも、そのこと、皆につたえてきます」

「私は、ここで見張っている。手配したのち、以前、張り込んでいた町家の陰にもどられよ。私も、酒宴が終わるのを見届け、町家の陰へ行く」

無言でうなずいた武士が姿勢を低くし、忍び足で去っていった。

横目で武士の後ろ姿を追った田宮郷助は、再び本堂へ眼を向けた。

静まりかえった寺町に爪弾く三弦に合わせて芸者がいい声で唄う江戸小唄が風に乗って流れていく。男衆が用意してきたのか、数本の篝火《かがりび》が焚かれて燃え上がり、揺海寺の本堂の前はさながら不夜城の観を呈していた。

本尊の左右に行心と溝口、錬蔵と前原が居並んで、踊る芸者数人の舞いを眺めている。三味線や太鼓の音が華やかに鳴り響く。なぜか安次郎や菊姫、登代の姿はみえなかった。

本堂の一角には控えの間が設けられている。その控えの間の襖の前に安次郎は坐っていた。

控えの間を振り返って安次郎が独り言ちた。

「馬子《まご》にも衣装というが、お俊には驚かされたぜ。濃いめの化粧をし芸者の姿をするとお紋にも引けを取らない女っぷりだ。前原さんも、おもわず見とれていたしな」

首を捻って、つづけた。

「しかし、大滝の旦那の無粋《ぶすい》ぶりには呆れ返ったぜ。囮の役目、見事、果たしてくれ、と野暮な一言しかお俊にかけなかったからな。ちょっぴり、お俊が可哀想な気もしたぜ」

拳で肩を叩き、首を回して、さらに、ことばを重ねた。

「それにしても遅いなあ。菊姫さまと登代さんを芸者に変装させ、お紋とお俊がふたりの身代わりに化ける。簡単にできそうな気がするんだが。菊姫さまやお紋たちが変装する間の見張り番をおおせつかるなんざ、すっかり貧乏籤《くじ》を引いちまったぜ。ああ、賑やかなところにいきてえや」

恨めしげに安次郎が本堂のほうを見やった。

控えの間では菊姫と登代が、お紋、お俊と着ていた小袖をすでに取り替えていた。

「髪結いじゃないから髷を結い直すことは、ちょっと無理だね。どうしたもんかね、お俊さん」

首を傾げてお紋が聞いた。

「そうだね」

首を捻ったお俊が、ぽん、と掌を拳で打った。

「いい思案が湧いたのかい」

問うたお紋に、

「頭に手拭いをかぶるっていうのはどうかい。門付《かどづけ》の女三味線弾きみたいにさ」

「手拭いをかぶるのかい。たしかに頭は隠れるけどさあ。他にいい知恵はないかね。ありそうな気もするけどねえ」

思案投げ首の態《てい》でお紋が空に目を置いた。

「駄目かい。そうだよね。あたしたち四人だけが手拭いをかぶったら、かえって目立っちまうよね」

悄《しょ》げたお俊が肩を落とした。

今度は、お紋が、ぽん、と拳で掌を打つ番だった。お俊を見やって、いった。

「あたしたち四人だけが手拭いをかぶるから目立つんだよ。芸者衆みんながかぶりゃいいのさ」

目を輝かせお俊が応えた。

「そりゃ、名案だ。さっそく安次郎さんに動いてもらおう。芸者衆につたえてもらわなきゃならない」

「そうだね」

腰を浮かせたお紋に傍らに坐っている登代が声をかけてきた。

「手拭いは、どうかぶればいいのでしょうか。御教授ください ませぬか」

「ご教授くださいませぬか、と仰有いますか。ご教授するほどのものではない、とおもうんですけどね。ねえ、お俊さん」

呆気にとられたお紋が顔を向け声をかけた。

「ご教授なんて、そんなたいした代物じゃないんですよ。ただ手拭いを頭にかけるだけのことで」

「頭にかける、とは、どうすればよろしいのですか」

さらに問いかけた登代にお紋が、

「わかりました。ご教授いたすでございますよ」

懐から手拭いを取りだしたお紋が、

「まず手拭いを広げて、真ん中へんを頭にのせてそのまま両脇にたらす。それだけのことでございますよ」

手拭いを広げたお紋が頭にかぶってみせた。

真剣な眼差しで菊姫と登代がお紋の所作を見つめている。

桶を手にした男衆が篝火に水をかけた。

篝火が消え、境内が夜の闇に包まれた。

四つ（午後十時）を告げる時の鐘が鳴り始めると同時に酒宴はお開きとなり、男衆たちが後片付けを始めたのだった。

待っていた駕籠舁たちが駕籠脇に控えている。

片付けを終えた男衆が駕籠脇に立つと芸者たちが本堂から出てきた。芸者たちは一様に頭に手拭いを被っている。闇のなかのこと、手拭いの下の顔は見分けのつけようがなかった。

芸者たちは次々と駕籠に乗り込んでいく。そのなかにふたりの町娘の姿もあった。

駕籠に乗り込む芸者や町娘たちを、町家の陰から凝然と見据える田宮郷助とふたりの武士の姿があった。

武士のひとりが声を上げた。

「田宮殿のいわれた通り、空駕籠が二挺、含まれていたようですな。町娘姿の姫様と登代が、いま駕籠に乗り込みましたぞ。あの駕籠の行く先が姫様たちの新たな隠れ場所ということになりますな」

「そうとはかぎらぬ」

駕籠に眼を向けたまま田宮郷助が応えた。

「そうとはかぎらぬ、とは」

鸚鵡返しした武士に、

「やって来た芸者のうちのふたりと姫様たちが衣服を取り替えたかもしれぬ、といっておるのだ。何のために、芸者や町娘たち皆が手拭いをかぶっているのだ。顔を隠すためではないのか」

発した田宮郷助の音骨に、小馬鹿にしたような響きが含まれていた。

気分を害したのか武士が、

「姫様と芸者が着ている物を取り替える。そんなことがあるはずがない。田中藩四万石の姫様ですぞ。卑しい芸者風情と入れ替わるなど、あるはずがない」

いままでとはうってかわって、抗うものが武士の物言いにあった。

「あるはずがないかあるか、駕籠をつけていけば、あらかたの推察はつく。さきほど指図した尾行の手筈は抜かりなくつけられたであろうな」

「子供の使いではない。ちゃんとつたえてある。これでも一人前の田中藩の藩士でござるよ」

不満げに口を尖らせた武士を見向きもせず田宮が告げた。

「最初の駕籠が表門から出てきた。まずは貴公が後をつける手筈となっていたな。後から次々と駕籠が出てくる。気取られぬよう、くれぐれも気をつけてくれ」

「いわれなくとも、それぐらいのことはわかっている」

吐き捨てるようにいい武士が田宮郷助の傍らを離れた。身を低くして町家の外壁沿いに進んでいく。田宮は武士を見向こうともしなかった。揺海寺の表門から相次いで出てくる駕籠に凝然と眼を注いでいる。


二挺一組となって遠ざかっていく駕籠とつけていく武士や浪人たちの姿を、八木周助が細めにあけた障子窓から窺っていた。八木は、揺海寺の表門をのぞむことのできる桶屋の二階の通り沿いの座敷に張り込んでいる。

「ただ見張るだけでよい。駕籠をつけていった武士や浪人たちの人数と風体を出来うる限り見極めておいてくれ」

と錬蔵から命じられている。

しんがりの駕籠二挺が揺海寺から出ていった。町家の陰から現れ出た、がっしりした体軀の武士が悠然とした足取りでつけていく。夕刻から張り込みにくわわった武士であった。いままで張り込みについていた田中藩の藩士たちの、その武士への接し方に、上役にたいする態度に似たものがあるのを八木は感じとっていた。

その武士は酒宴が始まると揺海寺の表門の脇に身を寄せ、本堂を覗き見ていた。挙動のすべてが、いままで張り込んでいた武士たちと違っている。躰全体から周囲を威圧するかのような気を発していた。

いまも、その武士は堂々と姿をさらして通りの真ん中を歩いていく。とても尾行している者の取り得る動きではなかった。

深川鞘番所の同心たちのなかでは剣の業前がもっとも落ちる、と自ら認めている八木周助がみても、その武士が達人の境地にある剣の使い手であることが、よくわかった。

(御支配といい勝負かもしれぬ)

胸中で八木は、そうつぶやいていた。

再び八木は、ゆったりとした足取りで二挺の駕籠をつけていく武士を凝然と見つめた。

三

最後の駕籠二挺が表門を出ていくのを見届けた行心は、傍らに立つ溝口を見やった。

「大滝殿たちは張り込んでいる者たちの眼を盗んで、うまく目的の場所へたどりつけたであろうか」

「隣寺との境の塀を乗り越えるぐらい、御支配たちには朝飯前のことで。それらの寺の境内を抜けて見張りのついていない通りへ出れば、後は何の問題もありますまい」

「探索のことは何もわからぬ。余計な斟酌《しんしゃく》というものだったのかもしれぬな」

ふう、と溜息をついた行心がことばを重ねた。

「溝口さん、わしは疲れた。旅に出て、しばらく、のんびりしたい。明朝、出立する。留守を頼む」

「旅へ。この大事の折りに」

呆っ気にとられて溝口が聞き返した。

「わしがいては、かえって足手まといじゃ。剣の腕はからきしだし、邪魔になるだけだ。居《お》らぬ方がよかろう」

「それは、たしかに、その通りですが。ところで、どこへ行かれるつもりです」

さらに問うた溝口に、

「なあに、行くあてなどない。このところ気づかうことがつづいたので、少々、疲れたのだ」

「菊姫様と登代さんのことは、御支配にまかせておけば大事ないとおもいます。のんびりと旅を愉《たの》しんできてくだされ」

「いろいろと、よしなに頼む」

無言で溝口が顎を引いた。

二挺の駕籠が深川鞘番所の片開きされた表門から入っていった。門番が門扉の後ろから顔をのぞかせ周囲を見渡す。人影がないのを見極めたのか顔を引っ込めた。内側から扉が閉じられる。駕籠が出てくるときは、また扉を開けるつもりなのだろう。扉が閉じられてほどなくして、ひとりの二本差しが闇のなかから忽然と現れて表門の前に立った。月代《さかやき》をきれいに剃り上げている。田中藩の江戸詰めの武士とおもえた。

武士は忍び込む場所でも探しているのか、躰ごと向きを変えて見回している。

突然、闇の中から、

「何をしている」

との、声がかかった。

振り向いた武士の眼が驚愕に大きく見開かれた。

眼前に鈍色《にびいろ》の光を放つ大刀の切っ先が突きつけられていた。

「貴様、いつの間に」

呻いた武士に、

「背後に忍び寄られた気配に気づかなかった、おのれの未熟を恥じることだ」

大刀を手にした錬蔵が告げた。

「どうするつもりだ」

「いろいろと聞きたいことがある。しばらくの間、大番屋の牢に泊まってもらおうとおもってな」

「支配違いだ。後で後悔することになるぞ。おれは」

声を高めた武士に錬蔵が告げた。

「名乗れば藩に傷がつくことになるかもしれぬ。駕籠をつけてきた経緯を書状にしたため、おぬしの身柄に添えて北町奉行所より評定所に突きだすこともできるのだ」

「おのれ」

武士が悔しげに顔を歪《ゆが》めた。

突きつけた大刀を錬蔵がゆっくりと引いた。

その瞬間、武士が身を翻《ひるがえ》して逃れようとした。

間髪を容れず、大刀を峰に返した錬蔵の袈裟懸けの一撃が武士の肩口に叩きつけられた。

大きく呻いて武士が昏倒する。

大刀を鞘に納めた錬蔵の背後の闇のなかから、前原と安次郎が湧き出た。武士に歩み寄り、前原が武士の両肩を、安次郎が足を抱え上げた。

「開けてくんな。御支配のお帰りだ」

かけた安次郎の声に呼応するかのように内側から門扉の片方が開けられた。

武士を抱えた前原と安次郎が入っていき、錬蔵がつづいた。

武士を抱えた安次郎たちが牢屋へ向かって去っていく。門の内側に残った錬蔵が傍らに控える門番に声をかけた。

「駕籠舁《かき》たちに引き上げてよい、とつたえてくれ。駕籠が出ていくのを見届けたら、直ちに門を閉めるのだ。くれぐれも警戒を怠らぬようにな」

うなずいた門番が門番所へ急ぎ足で去った。門番所の前にはお紋とお俊を乗せてきた二挺の駕籠が置いてある。駕籠舁たちは門番所にいるのだろう。

門番が門番所の表戸に手をかけた。見やっていた錬蔵は、踵を返し牢屋に向かって歩きだした。

安次郎が片膝をついて牢に鍵をかけている。大小二刀を手にした前原が、入ってきた錬蔵に気づいて声をかけてきた。

「こ奴、御支配の峰打ちが、よほど骨身にしみたのか、まだ気絶からさめませぬ。水でもかけて叩き起こしますか」

歩み寄った錬蔵が牢のなかをのぞきこんだ。武士は横たわったままだった。

向き直り前原らに錬蔵が告げた。

「明朝になれば正気づくだろう。それから、じっくりと話を聞き出せばよい。それと」

「それと、何ですかい」

問いかけた安次郎に、

「牢屋に入れておけば、そのうち、田中藩乗っ取りを企む一派がこ奴を取り戻しに大番屋を襲ってくるかもしれぬ。警戒を厳重にして備えを固めておけば、他にひとりぐらいは生け捕りに出来るだろう。捕らえた人数が増えるほど敵の動きを聞き出すことができるというもの」

「当分の間、様子探りの睨み合いになる。そういうことですな」

聞いてきた前原に、

「そうだ」

応えた錬蔵が安次郎に、

「ところで、お紋には前原の長屋に泊まるようつたえてあるだろうな」

「お紋のやつ、なんで旦那のところに泊めてくれないのさ、と膨《ふく》れっ面《つら》をしていましたが、何とかいいくるめやした。ただし『旦那の朝餉の支度はあたしがする』と言い張りやして、そこんとこは譲るしかありませんでした」

「それは、逆にありがたい。おれも安次郎も、久しぶりにのんびりできる」

応えた錬蔵に安次郎が、

「そう願えれば嬉しいんですが、旦那のことだ。朝日が出たら、むっくりと起きだして木刀二本を手に、打ち合いでもせぬか、と言い出しそうな気もしますがね」

と軽口を叩いた。

苦笑いで応じた錬蔵から前原に眼を移して、安次郎がことばを重ねた。

「旦那をめぐって恋の鞘当てを繰り広げている女ふたりが住まいに泊まることになる前原さんには、窮屈なおもいをさせて申し訳ない気もしやすが、そこんとこはご勘弁、というしかありません」

「なあに、朝方、久しぶりに佐知と俊作の遊び相手になってやれる。どうせ、一夜だけのこと、少しも気にならぬさ」

笑みを含んで前原が応えた。

駕籠をつけていった武士が深川鞘番所の牢に放り込まれてから一刻（二時間）ほど後のこと……。

揺海寺表門前の町家の陰では田宮郷助と門弟たち、田中藩の藩士たちが人待ち顔で立ち尽くしていた。

通りを眺めながら藩士のひとりが首を傾げた。

「それにしても遅すぎる。井崎《いざき》の奴、駕籠の行き着く先を見極めたら、直ちにこの場にもどるようにつたえておいたのに」

苛々しく舌を鳴らした藩士に田宮が、

「捕らえられたのかもしれぬな」

「捕らえられた？　誰が井崎を捕らえたというのだ」

「菊姫様たちの警固についている誰かが揺海寺を密かに抜け出て、駕籠をつけていった井崎殿の後を追い、隙をみて捕らえた。そういうことがないとはいえぬ、とおもうてな」

「しかし、そんなことが」

否定しきれず黙り込んだ藩士に田宮が告げた。

「このまま雁首《がんくび》ならべて井崎殿がもどってくるのを待っていても無為に時を過ごすだけだ。いずれにしても今夜は、もう動きはあるまい。張り込みは田中藩の方々にまかせることにして我らは道場に引き上げる。夜明けに交代の方々が来られたら藩邸にもどられよ。それと」

「それと、何でござる」

「村上様が朝のうちに我が道場に来られることになっている、共に道場に来ていただきたい。村上様の前で駕籠がいずこへ行き着いたか、あらためて話し合いたい。我らの話を聞いた村上様から何か指図があるかもしれぬ」

「承知仕った」

藩士が仲間の武士たちを振り向いた。厳しい顔つきで藩士たちが顎を引いた。

四

朝靄《あさもや》が立ち籠めている。一寸先も見えないほどの深さだった。

町家の陰に身を潜めて揺海寺の表門を見張る藩士が寒気でもおぼえたのか、ぶるる、と躰を震わせた。

襲い来る眠気をさますためか、藩士が眼をこする。

あたりには、まだ夜の闇が居座っていた。

野良犬も、すでに眠りについているらしく遠吠えのひとつも聞こえなかった。

と……。

静謐《せいひつ》の気を揺るがして、何かがきしむ音がした。微かなものだったが、町家の外壁に背をもたれて張り込む、ふたりの藩士の耳は、はっきりと、その音をとらえていた。

顔を見合わせたふたりが眼を凝らした。

が、厚い靄に視界が閉ざされて、一寸先も見ることができなかった。

耳をすます。

きしみ音は、わずかな間だけ聞こえて途絶えた。

ほどなく、再び、きしむ音がした。

朝靄が陽炎《かげろう》のように揺れた。そよ風が吹いて靄を乱したかのようにもおもえる揺れ方だった。まだらになって薄らいだあたりに黒いものが動くのがみえた。

ふたりは黒い物体を凝視した。

その黒いものが通りの真ん中ほどに進み出てきた。ふたつの黒い塊《かたまり》がぼんやりとみえる。

朧《おぼろ》なものだったが、靄のなかに黒い人影らしきものが浮き出てきた。

黒い人影、それは墨染めの衣をまとった雲水だった。頭に雲水笠を被っている。ひとりは杖代わりか六尺（約一・八メートル）ほどの長さの棒を手にしていた。

通り抜けに身を潜めた藩士たちの目の前を、ふたりの雲水が通りすぎていく。雲水は現れた様子から推量して、揺海寺から出てきたとおもえた。きしみ音は揺海寺の表門の潜り口の扉が開き、閉じられた音だと藩士たちは判断した。

「おれがつけていく」

「ふたり揃って出かけたのだ。途中で二手に分かれるかもしれぬ。ふたりでつけよう」

「そうするか。他の場所で張り込む者にしらせるべきだろうが見逃す恐れがある。動くが先だ」

町家の外壁に貼り付くようにしてしゃがんでいたふたりが立ち上がり、通り抜けから通りへ出た。

薄布を重ねたかにおもえる朝靄の向こうに、歩いていくふたりの雲水の姿がみえる。

足音を忍ばせて、ふたりの藩士がつけていった。

こころなしか靄は薄らいだようだった。

雲水たちが尾行に気づいた気配はなかった。小名木川沿いの通りを万年橋へ向かって歩いていく。自分橋を渡り、右へ行けば高橋となる四つ辻を左へ折れた。

雲水たちを追って左へ曲がった藩士たちの足が止まった。

眼前に、棒を手に仁王立ちした雲水が立っていた。

「尾行は迷惑千万。ここからは行かせぬ」

言い放った雲水に、

「気づいていたのか」

「捕らえて行く先を問うだけのこと」

大刀を抜き放ち、藩士たちが斬りかかった。

雲水の動きは身軽なものだった。突きだした棒でひとりの喉笛を突いた。喉仏でも砕けたのか鈍い音が響き、口から血を吐いて藩士のひとりが昏倒した。

残る藩士が切っ先鋭く打ち込んだ。その大刀に、雲水が手元に引き寄せた棒を横殴りに叩きつけた。大刀をはじかれて藩士がよろける。その藩士の首の後ろに雲水の強烈な棒の一撃が炸裂《さくれつ》した。

骨の折れる音を発して、藩士の首が、がくりと前に崩れた。血反吐《へど》を吐いて藩士が通りに沈む。

ふたりの藩士は倒れたまま動く気配はなかった。

それぞれの藩士の鼻先に雲水が手をかざす。ふたりに、まだ息があるかどうか、たしかめるための所作とみえた。

立ち上がった雲水は地に伏したふたりを片手で拝んだ。

振り向いて、もうひとりの雲水が立ち去ったとおもわれる方を見やった雲水が、雲水笠の端に手をかけ、上げた。

雲水笠の下から現れた顔は、まさしく溝口半四郎のものだった。

となると、もうひとりの雲水は、

「明朝、出立する」

　と溝口に告げた行心に違いなかった。

　すでに朝靄のなかに姿を消した行心の影を追っているかのように、溝口は立ち尽くしていた。

　やがて、向きを変えた溝口は、揺海寺へ向かって歩きだした。

　通りには盛り上がった黒い塊としかみえぬ藩士の骸が、ふたつ残されている。

　俎板《まないた》を包丁で叩く音が台所から響いてくる。

　安次郎と木刀での打ち合い稽古を終えた錬蔵は小袖に着替える手を止めて、その音に聞き入った。

　懐かしい母の思い出につながる音であった。錬蔵は幼い頃に母を亡くしている。わずかしかない母との触れ合いの記憶のなかでも、深く印象に残っているのが台所で朝餉の支度をする母が発していた俎板の音だった。眼が覚めているにもかかわらず錬蔵は眠ったふりをして寝床に潜り込んで聞いていた。

　不意に、そのことを思いだした錬蔵のこころに暖かいものが広がっていった。

　着替えを終えて、台所の土間からつづく板敷の間に出ていくと、錬蔵に気づいたお

紋が支度の手を休め、急須に湯を注いだ。湯気の立つ湯呑み茶碗を盆に載せたお紋が、いつも錬蔵が坐る場所まで運んできて、

「お茶を、ここに置いときましたよ。熱いうちに飲んでくださいな」

と錬蔵に声をかけ、盆を置いて竈《かまど》のほうへ去っていった。

「ありがたい。喉が渇いて一服したいとおもっていたところだ」

坐った錬蔵が、そういいながら湯呑み茶碗を手にとった。

振り返ったお紋が無言で微笑みかけた。錬蔵も笑みで応えた。それだけで、ふたりがことばを交わすことはなかった。

一口、茶を飲んで錬蔵が、

「うまい」

と独り言ちた。

そのことばを聞き逃さなかったのか、お紋が菜づくりの手を止めて振り返った。

「おかわりしたかったら、声をかけてくださいな。すぐ、いれますからね」

そういって、再び、菜の支度にもどった。

お紋は、昨夜まで菊姫が身につけていた小袖を着ている。嫁入り前の町娘が身につける若やいだ色合いのものだった。

いつもお紋は粋筋の色味と模様の小袖を着ていることが多かった。それが、がらりと違った雰囲気の小袖を身にまとっている。そのことが、お紋の印象を、つねと変わったものにつくりあげていた。

その変わり様に錬蔵はおもわず見とれた。視線に気づいたのかお紋が、くるりと振り向いた。

「旦那、何かいいましたか」

聞いてきたお紋から、あわてて錬蔵は眼をそらした。

「久しぶりにおいしい茶をのんだ。それで、つい」

「つい、どうしたんです」

急須を手に近寄ってきたお紋が、

「急須にお茶がはいってます。早めに飲んでくださいな。長く置くと渋くなりますよ」

といいながら盆に急須を置いた。

急に噴き上げた湯音にお紋は、

「あ、大変、御飯が焦げちゃう」

と大慌てで土間に駆け下り、草履をひっかけて竈のほうに走っていった。

そんなお紋を錬蔵は、おもわず眼で追っていた。その眼に優しげな光が宿っている。ついぞみせたことのない、やわらいだものが錬蔵から垣間見えた。

食べた朝餉の後片付けを終えたお紋が、帰り際に錬蔵に話しかけた。

「藤右衛門の旦那に頼まれたんで、今日から当分の間、お座敷に呼ばれたふりをして、連日、菊姫さまたちの世話をしに河水楼に出向きますからね、できるだけ、ちょくちょく顔を出してくださいよ。待ってますからね」

「姫様たちのこと、よろしく頼む」

告げた錬蔵に、

「深川芸者は気っ風が売り物。その気っ風では誰にも負けないお紋ですよ。大船に乗った気でまかせといてくださいな」

ぽん、と胸を叩いてみせたお紋に、横から安次郎が揶揄《やゆ》した口調で声をかけた。

「いいのかい、ほんとに。ひょっとしたら旦那は菊姫さまに、ほの字かもしれねえよ」

「そんなことあるはずないよ。旦那は、深川を死に場所と決めていなさるんだ。余所《よそ》者なんかに惚れるはずはないよ」

顔を錬蔵に向けて、つづけた。

「ねえ。そうだよねえ、旦那」

「お紋のいうとおりだ。おれは深川を、死に場所と決めている」

微笑んで錬蔵が応えた。

笑いをこらえた安次郎のほうへお紋がいきなり顔を向けた。慌てて真顔をつくった安次郎にお紋が得意げにいった。

「ね、あたしのいったとおりだろう。竹屋の太夫の眼も、このところ曇りっぱなしだね。男と女のこころの機微についての修行が、何かと足りないんじゃないのかい」

ちらりと睨みつけて、ふん、とそっぽを向いた。

「はいはい、どうせ修行不足ですよ。なにせ連日連夜、野暮の塊みてえな旦那と面突《つら》き合わせているんだから、満足な修行なんか出来るはずがねえやな。そうですよね、旦那」

振り向いた安次郎に錬蔵が苦笑いで応じた。

「ほら、旦那が困ってるじゃないか。あまり旦那をいじめちゃ駄目だよ。あたしを怒らせることになるよ。怒ったら、あたしゃ、怖いんだよ」

横目づかいに安次郎を睨んでみせたお紋が錬蔵に向き直り、

「それじゃ、旦那、河水楼で待ってますからね」

と艶やかに笑いかけた。


長屋を出た錬蔵はまっすぐに牢屋へ向かった。

昨夜、捕らえた田中藩の藩士が気絶からさめているはずであった。

顔を見るだけでいい、と錬蔵は考えていた。最初は意地を張って、ことさらに居丈高に振る舞う。が、拷問されることもなく、ただ様子を見に来られるだけで何ひとつ問い糾《ただ》されず、ほったらかしにされているうちに次第に不安に駆られ、この先どうなるかと考え始める。それが牢に入れられた、おおかたの科人がたどるこころの道筋であった。

不意に、幼子の笑い声が聞こえた気がして、錬蔵は足を止めた。

耳をすます。

たしかに、その声は聞こえていた。重なり合って聞こえるときもある。佐知と俊作が笑っているのだろう。久しぶりに前原が子供ふたりの遊び相手になっているに違いなかった。

ふっ、と錬蔵は微かな笑みを浮かべた。前原も、錬蔵同様、明日の命が保証されない務めについている身であった。束の間の楽しみかもしれないが、少なくとも佐知と俊作のこころには父と遊んだ思い出が残るはずであった。

俎板を包丁で叩く音が錬蔵の耳に甦った。母の思い出につながる、少ない記憶の糸の一本であった。

おもわず錬蔵は空を見上げていた。

白い雲が大小さまざまな形をつくって青い空に漂っている。ゆったりとした雲の動きであった。かかっていた濃い朝靄の名残か、たなびく霞《かすみ》に空と雲がぼんやりとみえる。

わずかの間、錬蔵はその場に立ち尽くして空を眺めていた。

軽く息をはいた錬蔵は牢屋を見据えた。

唇を固く結んだ錬蔵は牢へ向かって足を踏み出した。

牢の前に立った錬蔵に気づいて、胡座《あぐら》をかいて板壁に背をもたせかけていた藩士が顔を向けた。怒りに満面を赤く染めて怒鳴った。

「無礼であろう。いかに身の程知らずの不浄役人といえども、支配違いぐらい存じておろうが。すぐ牢から出せ。出さぬと後悔することになるぞ」

「支配違い？　何のことだ」

応じた錬蔵に、立ち上がり歩み寄って牢格子を摑んだ武士が声を荒げた。

「おのれ、しらばっくれるつもりか。おれは、さる藩のれっきとした江戸詰めの藩士なのだ。早く牢から出せ」

鼻先で錬蔵が嘲笑った。

「れっきとした江戸詰めの藩士だと。笑わせるな。しかるべき藩の武士が女を乗せた二挺の駕籠を揺海寺の表門の前からつけてくるか。どこぞで襲って駕籠舁四人を斬り殺し、女ふたりを脅し上げ、凌辱《りょうじょく》のかぎりをつくそうとでも企んでいたとしかおもえぬ。恥知らずの無頼浪人めが、どこぞの藩の藩士などと名乗るとは笑止千万。まことの藩士なら藩の名とおのが姓名を明かすがよい。名乗った藩に出向き、こういう名の藩士がおるか、と尋ね、その藩のしかるべき役職の方に顔あらために来てもらう。それが我ら町奉行所役人の踏むべき筋道だ。万が一、おぬしがいうとおり、れっきとした藩士なら潔《いさぎよ》く責めを受ける所存。ただ」

「ただ、何だ」

「支配違いであることは認めても、おぬしを捕らえた事由、そのときの有り様については、とことん申し開きをする気でいる。御奉行を通じて評定所へ訴え出て、公正な裁きを受けることになろう。その折りは、なぜ、おぬしが駕籠に乗ったふたりの女をつけたか、なおかつ駕籠が入っていった深川大番屋を探る素振りをみせたか、そのあたりの事情を包み隠さず評定所にて話していただくことになる」

「評定所、だと。評定所の手を煩《わずら》わせるほど大袈裟な一件ではないわ」

「おぬしが、どう考えようと一向に構わぬ。おれは、おれのやり方を通すだけのことだ。さ、れっきとした江戸詰めの藩士といわれるのなら藩の名と姓名の儀をうけたまわろう。すぐさま、名乗られた藩に出向き、問い合わせる」

「それは、しかし」

いいかけたことばを呑み込んだ藩士に錬蔵が告げた。

「いま、いいたくなければ後でもよい。話す気になったら話してもらえばいいだけのこと。夕刻には顔を出す。よく考えることだな」

背中を向けた錬蔵は出入り口へ向かって歩きだしていた。憎悪に満ちた眼で錬蔵の後ろ姿を睨《ね》め付けていた藩士だったが、やがて、力なく牢格子から手を離した。そのまま崩れるように腰を下ろし胡座をかいた。床を見つめたまま、茫然自失の態《てい》で坐り込んでいる。

五

皆川町の表通りから一本裏手に入った通り沿いに、それはあった。

〈一刀流　田宮道場〉

との看板が、片開きの腕木門《うでぎ》の門柱に掲げられている。

道場の奥の座敷で上座にある村上頼母と向かい合って田宮郷助が座していた。村上頼母の左右にふたりの武士が、田宮郷助の背後に四人の門弟が控えている。門弟四人は、一癖ありげな、みるからに無頼の浪人とみえる顔つきをしていた。

「昨夜、揺海寺の見張りについておられた田中藩の方々は五人だったのではござらぬか。もっとも、おひとりは我ら田宮道場の一同が引き上げたときには、おもどりになっておられなかったが」

問うた田宮郷助に村上頼母が、

「それが、揺海寺を見張っていた笠原《かさはら》、岡田《おかだ》のふたりが張り込んでいた場所にいなかった、というのだ。三谷《みたに》、長尾《ながお》、そうだったな」

「近くを探したのですが見当たりませんでした」

「揺海寺の門は閉ざされたままで動きがあった気配はありませんでした」

三谷と長尾がほとんど同時に声を上げた。

ふたりに眼を向けて田宮郷助が聞いた。

「笠原殿と岡田殿は誰かをつけていかれた。そうはおもわれぬか。揺海寺から誰かが出ていったのかもしれぬ」

「境内を竹箒で掃く音が揺海寺のなかから聞こえてきました。誰かが出ていったとしても深川大番屋の者以外には考えられませんが」

一文句いいたげな長尾の物言いだった。

さらに田宮が問いを重ねた。

「近くの自身番にあたられたか。辻斬りにあったとおもわれる武士の骸が見いだされたとの届けが出ていないか、聞いてまわられたか、と問うておるのだ」

「そんな、笠原と岡田が殺されたなどと、とんでもないことを仰有る。田宮殿、いっていいことと悪いことがありますぞ」

尖った眼で三谷が田宮を見据えた。

「何度も襲撃を仕掛けた相手を見張っているのですぞ。何があってもおかしくない。そうは思われぬか」

目線を村上頼母に移して田宮郷助がつづけた。

「三谷殿と長尾殿しか同席しておられぬということは、昨夜、駕籠をつけていった藩士の方はもどってこられなかった。そういうことですかな」

「その通りだ。井崎が駕籠をつけていったきり帰ってこなかった、と聞いている」

うむ、と田宮が首を傾げた。

「井崎殿も捕らえられたか、あるいは、尾行に気づかれ命を奪われたか、どちらかでありましょう。いままで村上様から聞いた話から推断して、揺海寺を警固している深川大番屋の手の者は、襲撃者たちを田中藩の藩士とはみなさず、あくまでも無法をなす無頼浪人として扱っている。仕掛けてくれれば売られた喧嘩、容赦はせぬと決めているに違いない」

「深川大番屋支配、大滝錬蔵は曲がったことが大嫌いな一徹者、深川をおのれの死に場所と決めて務めに励んでいる探索上手の与力、と北町奉行所の年番方与力、笹島隆兵衛殿から聞いておる。これから藩内の騒ぎが大きくなるであろう。外に漏れても大事にいたらぬように、と手配りして笹島殿に田中藩藩士のかかわる騒ぎの揉み消しを依頼したが、ちと先走ったかもしれぬな」

いつもの愛想のいい顔は、どこへ失せたか、いかにも腹に一物ありげな陰険な目つきをして村上頼母がつぶやいた。

「昨夜来、行方がわからぬ井崎殿、斬られて息絶えているならまだいいが、捕らえられて深川大番屋の牢に入れられていたりすると事は厄介でござるな」

凝然と村上頼母に眼を据えて田宮がことばをかけた。

「厄介、というと」

鸚鵡返しした村上頼母に、

「拷問された井崎殿が苦しさのあまり、知っているかぎりの事の顚末を話してしまうかもしれませぬな。そうなると面倒なことになりませぬかな」

問いかけた田宮に村上頼母が応じた。

「町奉行から評定所へ調べ書を添えて上申書が出されるかもしれぬ、というのだな」

「如何様《いかさま》。そうなれば田中藩の騒ぎは公儀の知るところとなり、厳しい処断を覚悟せねばならぬかもしれませぬ」

「そうなる前に何らかの手を打たねばならぬな。しかし、まだ、井崎が囚われて深川大番屋の牢に入れられているとの確証はない」

「そのこと、芸者たちを乗せて揺海寺にやってきた駕籠屋にあたれば、あらかたの推測はつきましょう」

「どこの駕籠屋か、見当がついているのか」

問うた村上頼母には応えず、田宮が三谷たちを振り向いた。

「三谷殿、長尾殿、芸者たちを送り届けた後、駕籠がいずこの駕籠屋へもどっていったか、調べられたであろうな」

「そのこと、田宮殿から指図がなかったゆえ、ただ駕籠に乗った芸者たちが行き着いた茶屋までしか、つけませんでしたが」

「駕籠がもどる駕籠屋までつけるよういってくだされればよかったではないか」

不満を露わに三谷と長尾が声を上げた。

それには応えず、田宮郷助が村上頼母に、

「門弟たちから、どこの駕籠屋の駕籠だったか報告をうけています。また、私がつけた駕籠が、どこの駕籠屋へ帰って行ったか、突き止めてもあります」

満足げに笑みを浮かべた村上頼母が、

「さすがにわしが見込んだ田宮殿だ。やることに抜かりがない。駕籠屋を張り込み、揺海寺にやって来た駕籠の駕籠舁たちを片っ端から捕らえて責めにかければ、必ず知っていることを話すに違いない」

「では、さっそく駕籠舁のほうをあたってみましょう。さすれば井崎殿の動きもわかってくるはず」

「すぐにも動いてくれ」

「直ちに」

深々と田宮が頭を下げた。門弟たちが田宮にならった。

その頃、菊姫と登代は河水楼の帳場奥の、いつも藤右衛門が見世にいるときに使っている座敷にいた。

「登代」

唐突に、菊姫が話しかけてきた。

「何か」

「大滝は、来るであろうか。顔を見ないと、なぜか落ち着かぬ」

「それは、なぜ」

と聞きかけて登代は、つづくことばを呑み込んだ。錬蔵について口にしたときに菊姫の顔が微かに赤らんだのに気づいたからだった。

「わたしには、何ともいえませぬ。大滝さまは思慮深いお方、当分の間、河水楼には、顔を出されぬはず」

「なぜじゃ。なぜ、来ぬと申すのじゃ」

「敵の眼を晦《くら》ますためでございます。大滝さまが足繁く河水楼に顔を出せば、姫さまの居場所を敵に見抜かれる恐れも出てきます。それゆえ」

「わかった」

それだけいって菊姫は黙り込んだ。登代も、ことばを発することはなかった。

その場に、こころの垣根に隔たれたかのような、ぎこちない沈黙が流れた。

そのとき……。

なぜか登代は、

(安次郎に会いたい)

とのおもいにかられた。

唐突に湧いた激情に似たものに、登代は、あきらかに途惑っていた。

二度にわたって安次郎に命を助けてもらっている。いつのまにか、こころのどこかで安次郎を頼りにしている。そのことに、はっきりと気づかされてもいた。

おそらく深川大番屋の下っ引きである安次郎は、深川の安穏を守るために働いているのであろう。が、登代は、命がけで自分を守ってくれている、とおもいたかった。

「登代さん、着替えを見繕ってきたぜ。気に入らねえかもしれねえが、まあ、我慢してくんな」

そういいながら、菊姫と登代の着替えの小袖などを入れた風呂敷包みを掲げた安次郎の姿が脳裏に浮かんだ。

静寂が座敷を包み込んでいた。

この静けさのなかに、このまま、ずっと身を置いていたい。久しぶりの安らぎが登代のなかに生まれていた。


「揺海寺へ出向き、溝口に揺海寺の警戒はまかせる、とつたえてくれ。前原と安次郎は、揺海寺周辺をふたりで見廻ってくれ。田中藩の連中が張り込みしているあたりでは、足を止め、じっくりと覗き込むぐらいのことはやってもいいだろう」

用部屋へ前原と安次郎を呼んで錬蔵は、そうつたえた。

「承知しました」

「すぐ出かけやす」

顎を引いて前原と安次郎が応えた。

ふたりが出かけた後、錬蔵は同心詰所に足を向けた。

同心詰所に入っていくと、板敷の間で羽織をひろげ、針を手にして繕《つくろ》っている松倉孫兵衛の姿がみえた。三人の同心は交代で揺海寺の表を見張ることになっていた。ひとりが見廻りに出、他のひとりは揺海寺を張り込み、残るひとりは休みをとる、と手筈を決めてあった。

「松倉、羽織が破けたのか」

かけられたその声に気づいて松倉が振り返った。

「御支配、いつの間に来られたのですか。まったく足音が聞こえませんでした」

立ち上がろうとした松倉を手で制して錬蔵が、

「休みのときにすまぬが、揺海寺門前の桶屋の二階で張り込んでいる者に」

坐り直して松倉が応えた。

「小幡にですか」

「いまは、小幡が張り込む番か」

「如何様。小幡に何か」

板敷の間の上がり端に腰を下ろした錬蔵が、

「揺海寺門前の張り込みは本日ただ今かぎりで終わりとする。引き上げて、つねの務めの見廻りにもどれ、とつたえにいってもらいたいのだ」

「それでは直ちに」

「伝言をつたえ終えたら、手筈通り休むがよい。松倉も疲れているはず」

「おことばに甘えさせていただきます」

応えた松倉が広げてあった羽織を手にとった。


用部屋で届け出られた書付の処理を終えた錬蔵は刀架に掛けた大刀を手に取った。

深編笠に手をのばす。切り裂かれた深編笠を見た藤右衛門が、ふたりで話をしている間に、政吉に命じて新しい深編笠を買い求めてくれていた。

求めてきたばかりの深編笠を錬蔵に手渡すとき、藤右衛門は、

「大滝さまほどの剣の上手が不覚をとって切り裂かれた深編笠、藤右衛門、向後の話の種に手元にとっておきまする。これと交換いたしましょう」

といって微笑みかけたものだった。

ありがたい、とおもう。深川に赴任してからというもの錬蔵は、これまでに感じたことのない、情味あふれる触れ合いを重ねていた。

杓子定規に判断したら藤右衛門は岡場所である深川を根城に、女の色香と、時には躰をも商いの具とする、御法度の埒外《らちがい》にある者だった。

表向きは堅気の商売をやっているかにみえる米問屋や材木問屋、両替商、札差などのなかには、これが人のこころを持つ者のやることか、と呆れ返るほどの強欲を貫く者たちが数多くいる。

（何が善で何が悪か。それぞれの立場によって事の善悪は決まるのだ）

強欲を貫き金欲しさに人の命を奪う。錬蔵からみて〈許せぬ極悪人〉と見える輩《やから》でも、極悪人なりの筋を通しているのだろう。

勇猛果敢な武将たちが天下取りを争った戦国時代、人を殺して敵の領地を奪っても咎《とが》め立てされることはなかった。むしろ戦国時代の正道を貫く生き方だったのかもしれない。

権勢を手中におさめ田中藩を自由に操ろうとする一派は、今の世では逆臣として責められる。が、戦国の世なら、どうであろうか。錬蔵の思考は右に左にと飛んで、振れた。

（その時代、時代で善、悪を判断する目安も違ってくるものなのだ）

胸中で錬蔵はつぶやいていた。

時代の為政者の都合によって微妙に変えられる善、悪の目安。その目安を、ただ受け入れて生きていくしかない人々がいることだけはたしかだった。この深川に住む人たちのほとんどが、日々、命をつなぐために、ただ、がむしゃらに働く生き方しか出来ぬ人たちなのだ、と錬蔵はおもった。

それらの人たちに安穏な日々を送らせる。それが錬蔵の務めであった。

深編笠を小脇に抱え、錬蔵は用部屋を後にした。


海辺大工町の通りを、錬蔵は菊姫と登代が一夜を明かしたという〈網干屋〉へ向かって歩みをすすめていた。登代の兄の飯塚俊太郎が身を潜めているかもしれない。もしいたら、田中藩の内情がくわしくわかるだろう。

江戸留守居家老、村上頼母の挙動に錬蔵は不審を抱いている。が、不審の因《もと》を調べ上げる手立ては錬蔵にはなかった。いたるところに陥穽《かんせい》が仕掛けられた、支配違いという名の鉄壁《てっぺき》へ向かって錬蔵は歩をすすめた。

六章　天網恢々《てんもうかいかい》

一

深編笠をとることなく網干屋に入ってきた錬蔵が、

「当家の主人にあいたい」

と告げると、帳場に坐っていた男が顔を上げて聞いてきた。

「どちらさまで。まずは深編笠をとってくださいませ」

深編笠をとった錬蔵が、

「おれは」

と、名乗ろうとするのを手で制した男が、

「お顔は町中で見かけて存じております。申し遅れましたが、わたしが当家の主《あるじ》、儀助でございます。まずは奥へお上がりくださいませ」

と立ち上がった。

帳場の奥の、接客に使っているとおもわれる座敷へ案内した儀助は、錬蔵を上座に坐らせて向かい合った。

網干屋儀助は中背で色黒の、がっしりした体軀《たいく》の男だった。底光りしている眼が俠気《おとこぎ》の強さを感じさせた。儀助が錬蔵を見つめて、問うた。

「みれば小袖の着流しのお忍び姿、人目があってはまずいとおもい、座敷へ上がっていただきました。深川鞘番所御支配の大滝様が、何用あって、この網干屋へ」

「田中藩の菊姫様と登代殿は、昨日まで揺海寺におられた。御住職の行心様が田中藩ゆかりのお方だということで頼ってこられたようだ」

「そのあたりの事情は、登代さまからお聞きして存じております。姫さまと登代さまは、いま、いずこに」

「それは、いえぬ」

にべもない錬蔵の応えに儀助が、一瞬、息を呑んだ。錬蔵がことばを重ねた。

「田中藩の不心得者たちが何かと悪さを仕掛けて来ている。たまたま、おふたりを助けたことが縁で成り行き上、用心棒がわりを務めることになってしまった。ほうっておけば深川に住み暮らす者たちが巻き添えを食いかねぬとおもってな」

笑みを浮かべて、つづけた。

「できれば菊姫様たちに深川を出て行ってもらえれば一番ありがたいのだがな。窮《きゅう》鳥《ちょう》懐に入れば猟師も殺さず、との諺《ことわざ》もある。姫様はともかく登代殿は命を奪われる恐れもある。それで手を貸さざるを得なくなった。たとえ、登代殿にとって味方である、とわかっていても洩らせぬ密事がある」

姿勢を正して儀助が応じた。

「そこまで話していただければ十分でございます。登代さまから、亡くなられた飯塚の殿さまとわたくしめがこと、お聞き及びでございましょう。命の恩人への恩返し、命を賭けて、果たす覚悟でおります」

「登代殿の兄上、飯塚俊太郎殿から何の知らせもないか」

「俊太郎さまからは何のお便りもありませぬ。何かあったら妹ともども匿《かくま》ってもらうなど迷惑をかけることもあるかもしれぬ。よしなに頼む、とかねてから、いわれております。実は、今朝早く、行心さまが突然、訪ねてこられまして」

「行心様が」

「大戸を叩きつづけられますので出てみますと、『揺海寺の行心じゃ。頼みがある』といわれて」

「頼みのなかみは」

「それが今日出る廻船に伝手《つて》はないか、できれば藤枝《ふじえだ》宿近くに着く船があるとありがたいのだが、と仰有って」

「藤枝宿近くに着く廻船とな」

東海道名所図会の記述を錬蔵は脳裏でたどった。たしか、

〈田中城《たなかのしろ》　藤枝の南二十町（約二・一八キロメートル）余あり〉

と記されていたように記憶している。

「田中は藤枝から間近なところだったな」

問いかけた錬蔵に儀助が、

「私も、そうおもいました。それで田中へ行かれますのか、と尋ねましたところ、ただ微笑みを浮かべられて。できれば帰りも海路をたどりたい、そのことも頼めないか、と」

「船の手配はできたのか」

「幸いなことに今朝、清水《しみず》港へ向かうことになっている商い仲間の廻船問屋の五百石船が江戸湾に停泊しておりましたので、網干屋の持ち舟に乗っていただき、五百石船まで行心さまをお運びし乗船していただきました。その廻船問屋の五百石船が連日一便、江戸へ向かっていると船長《ふなおさ》から聞いたので、帰りも乗せてもらえるよう頼んでお

きました。行心さまは帰りも海路で江戸へもどられるはずです」

「清水港から田中まで、何里ほど離れているのだろう」

問うた錬蔵に儀助が、

「ちょっとお待ちください」

立ち上がって一隅の文机に歩み寄った。冊子を手にとった儀助が、再びもどって錬蔵と向かい合って坐った。儀助の手にある冊子には、

〈東海道中細見〉

との題目が書かれてある。

東海道中細見をめくっていた儀助の手が止まった。開いたところを指でたどりながら読み上げた。

「清水港のある江尻《えじり》から田中までは、およそ八里半（三十三・一五キロメートル）余。府中《ふちゅう》宿、鞠子《まりこ》宿、岡部《おかべ》宿を経て田中城城下となります。鞠子から岡部の間に宇津《うつの》谷《や》峠という難所がありますが、およそ一日あれば歩くことができましょう。もっとも漁《いさ》り舟を手配して岸沿いに海路をたどれば半日もかかりますまい。江戸から清水港まで一日もあれば余裕をもって着くはず」

行きと帰りで三日から四日。行心がどんな目的で向かったか知りようもないが、田

中には長くは居ないように錬蔵にはおもえた。

弟を訪ね、重臣たちを訪ねて、せいぜい二日。短いつきあいだが、行心の日頃の過ごし方からみて陰謀の全貌を探ろうとはしないだろう、と錬蔵は推し量った。

（江戸へもどるまで長くて六日、か）

胸中で錬蔵は独り言ちていた。

黙り込んだ錬蔵が口を開くのを儀助は黙して待っている。

顔を儀助に向けていった。

「飯塚殿が来られたときはもちろん、行心様が帰られ網干屋に寄られるようなことがあれば大番屋まで知らせてくれ」

「命の恩人のお子様たちの一身にかかわること、網干屋儀助、命を賭けて守り抜く覚悟でおります。何なりとお命じくださいませ」

「よろしく頼む」

「承知いたしました。大滝さまをお訪ねすればよろしいのですね」

「いないときは伝言を門番につたえてくれ」

「直接、お話ししたほうがよろしいかと。大滝さまが帰られるまで門番所の片隅ででも待たせていただきます」

「そのほうがいいかもしれぬな。時を無為に過ごさせることになるかもしれぬが、そのときは堪忍《かんにん》してくれ」

「気遣いはご無用に願います。お役に立てさせてくださいませ」

深々と儀助が頭を下げた。


網干屋を後にした錬蔵は、その足で揺海寺へ向かった。行心が田中へ旅立った理由《わけ》を溝口が聞いているかもしれないと推測したからだった。

歩きながら錬蔵は河水楼に匿われている菊姫と登代のことにおもいを馳せた。

まだ謀略をめぐらす一派には、ふたりが身を潜めている場所がどこか、知られていないはずだった。

陰謀を仕掛けた一派にとって菊姫の身柄は喉から手が出るほど欲しい代物に相違ない。弟の政隆は老齢で気儘《きまま》な一人暮らしだ、と行心がいっていた。生来、丹羽政隆は女には淡泊な質《たち》らしく趣味の芸事にうつつを抜かしているうちに、いつのまにか年をとってしまった、ということらしかった。

丹羽家の家系そのものが女色には興味が薄いのかもしれない。行心にしても仏門に帰依《きえ》したほどだから、女体への欲求は少ない、といっても過言ではないだろう。

当主の丹羽備後守も、いまだ子をなしていない、となると御家乗っ取りを企む一派ならずとも田中藩の存続に不安を抱く藩士も数多くいるに違いない、と錬蔵は推察した。

藩士は藩からの俸禄によって日々の暮らしをたてている。跡継ぎなきをもって改易、御家取り潰しの憂き目にあった藩も、少なからず存在する。

つまるところ、藩士にとっては家禄さえ安堵《あんど》してくれれば、主君など誰でもよいのかもしれない。そこまで考えたとき、錬蔵は、おもわず苦い笑いを浮かべていた。

深川の安穏を守ろうと日夜努めている錬蔵と、御家を守ろうと呻吟《しんぎん》している登代との間には大きな隔たりがあるような気がしたからだった。

御家の未来永劫《えいごう》の存続を考え、藩士の日々の安穏を計るのは主君たる者の務めではないのか、とのおもいが錬蔵にある。

争いのもとは田中藩の藩主の丹羽備後守とその一族にある。藩主が藩主としての役割を果たしてさえいれば、御家を手中におさめ権勢を掌握《しょうあく》し、おもうがままに政を為して私腹を肥やそうと悪計をめぐらす輩《やから》など現れるはずがないのだ。

はたして菊姫に、藩の安泰を計るのは藩主の一族の務め、との自覚があるのかどうか。錬蔵からみて、はなはだ疑わしいことであった。

網干屋と揺海寺は眼と鼻の先にあった。

思案にくれながら歩いているうちに、いつのまにか錬蔵は揺海寺の表門の前にいた。

ゆっくりと周りを見渡す。

田中藩の藩士たちが張り込む場所はわかっていた。ゆっくりと錬蔵は町家の通り抜けのほうへ歩いていった。

通り抜けの入り口で足を止める。

あわてて立ち上がった藩士ふたりが、錬蔵から顔を背《そむ》けるようにして通り抜けの反対側へ立ち去っていった。

藩士たちが通り抜けから出て右へ折れたのを見届けた錬蔵は踵《きびす》を返し、揺海寺へ向かって歩きだした。

「それでは行心様をつけてきたふたりの藩士を棒で打ち据え、殺したというのか」

話し終えた溝口に錬蔵は問うていた。

「あくまで張り込みをつづける逆臣たちに、いささか腹が立っておりました。それゆえ扱いが手荒になったのかもしれませぬ」

悪びれた様子をみせることなく溝口が応えた。

揺海寺の庫裏の一間に錬蔵と溝口、前原が向き合って座している。安次郎は細目にあけた板戸の前に坐って表に警戒の視線を走らせていた。

しばし黙った錬蔵が、

「ふたりの骸《むくろ》をそのまま放置してきたとすると、誰かが見いだして自身番に届け出たに違いない。その骸が、いま、どうなっているか調べるべきであろうな」

「それでは私が骸を放置した一角の自身番を虱潰《しらみつぶ》しにあたりましょう」

大刀に手をとって前原が腰を浮かせた。

手で制して錬蔵が告げた。

「前原は溝口と揺海寺に残ってくれ。おれが安次郎と自身番を回る」

眼を向けて、つづけた。

「溝口、いま一度聞く。行心様は田中へ行く、とは一言も仰有らなかったのだな」

「騒ぎがつづいたので疲れた。少し休みたい、といわれただけで他には何も。しかし、和尚も水臭い。田中へ行くなら行くといってくだされば警固役として共に行動いたしたものを」

「溝口がそういうであろうとおもうて行心様は、あえて行く先を告げられなかったのだ。ふたりが揺海寺から姿を消したら敵は必ず、どこへ出かけたか探り始める。当然、国元の田中へも急ぎの使者を使わすだろう。国元の陰謀派の動きが慌ただしくなるは必定だ」

「たしかに、そうかもしれませぬが。しかし、私に隠し事をするなど、あまりにも水臭い」

吐き捨てるように溝口がいった。

「溝口の役割は、あくまで行心様が揺海寺に居られるように振る舞い、見張りの眼をくらますことだ。日々の勤行《ごんぎょう》など修行がつづいているように見せかけねばなるまいよ」

「承知しました。なめらかに経文を唱えることができるかどうか。とにかく、やってみます」

自信なさげに溝口が顎を引いた。

霊巌寺門前町の辻番所にふたりの藩士の骸は引き取られていた。

前日、河水楼へ向かった錬蔵は襲ってきた三人の浪人のうちのひとりを斬り捨てた。その浪人の骸の後始末を頼んだ番太郎が、安次郎を従えてやってきた錬蔵の顔をみるなり、歩み寄ってきて溜息をついた。

「いやはや、何の巡り合わせか、このところ骸の世話がつづいて、いささか気が滅入っております」

と一隅に筵《むしろ》をかけて横たえられた二体の骸を見やった。骸に眼を向けて問いかけた錬蔵に、

「骸の引き取り手は、まだ現れないのか」

番太郎が首を横に振ってみせた。

「いでたちからみて、どこぞの藩の勤番侍とみえますのに何の音沙汰もありませぬ。深川に下屋敷を構える大名家の御家来ではないのかもしれませぬ。深川の悪所に遊びに来て、明け方まで遊び惚《ほう》けて物盗りに襲われたのかとも考えましたが、酒の臭いもせず、懐中には銭入れも入っておりました。それで、辻斬りにあったのではないかと推測しております。霊巖寺門前町には深更までやっている女色を売る見世もあるので、人通りは八つ（午前二時）近くまであります。人の往来が途絶えるのは、いつも、その後のことでして」

横から、しらばっくれて安次郎が口をはさんだ。

「それじゃ殺されたのは八つから明け方までの間ってことになるのかい」

「おそらく払暁《ふつぎよう》ではないかと」

応えた番太郎に錬蔵が告げた。

「勤番侍らしき骸だ。ひょっとしたら、まだ藩士が行く方知れずになっていることに藩邸の者が気づいておらぬのかもしれぬ。明日いっぱい、骸をこのまま置いといてくれ」

「その後は、どう扱えばよろしいのでしょうか」

「そうよな」

首を傾げた錬蔵が番太郎を見やった。

「手間をかけるが大番屋まで骸を運んでくれ。そのこと、門番につたえておく。おれがいなければ門番に骸を預けてくれればよい」

「お指図どおりにいたします」

応えて番太郎が浅く腰を屈めた。

二

辻番所を出た錬蔵は安次郎に声をかけた。

「このところ見廻りをしておらぬ。一回りするか」

「いいですね。そうしやすか」

歩きだした錬蔵の足は仙台堀へ向いていた。

安次郎がつづいた。

ふたりは海辺橋を渡った。左手に、巴《ともえ》の紋が刻まれた武田信玄《たけだしんげん》一族の石碑が境内にあることで有名な海福寺《かいふく》の九重塔が、屹立《きつりつ》した岩壁に似た姿を空高く浮き立たせている。正覚寺《しょうかく》から始まり、油堀《あぶらぼり》に架かる富岡橋の手前にある陽岳寺《ようがく》までの間を俗に寺町といった。

寺町の、通りをはさんだ向かい側は万年町で、直助《なおすけ》屋敷と呼ばれる手軽に遊べる安手な岡場所があった。

油堀と十五間川を区切る富岡橋を渡りきって左へ折れ、河岸道ぞいに黒江橋から永代寺門前仲町へと歩みをすすめた錬蔵と安次郎は馬場通りに突き当たった。

馬場通りを左に曲がったふたりは目立たぬよう道端を歩いていった。客を乗せているのか垂れを下ろした一挺の駕籠が向かい側からやってきて、錬蔵たちの脇を走りすぎていく。

いきなり錬蔵が足を止めた。

「どうしなすったんで」

肩越しに安次郎が小声で聞いていた。

「見ろ。駕籠の一町(約百九メートル)ほど後ろだ」

振り返ることなく錬蔵が低く応えた。

見やった安次郎が、

「侍がふたり、歩いてきやすね。眼が駕籠の動きを追っているような気がしやすが」

とつぶやいた。

「田中藩の」

「田中藩の者かもしれぬな」

「つけているかどうか試してみるか」

「試すとは」

「安次郎。おまえは、揺海寺に頻繁に出入りして、田中藩の連中には顔を知られている。いきなり、あ奴らの前に飛び出すのだ」

にやり、として安次郎が応えた。

「なるほど。あっしの顔を見て、動きを変えて尾行を諦めたら、どうしやす」

「諦めることはあるまい。できるだけ勤番侍たちの後をつけていけ。しつこく追い回すのだ。おれも、その後からついていく」

「連中が人通りがないところにさしかかったら旦那が飛び出してきて、あっしとふたりがかりで生け捕りにする、という策ですかい」

「生け捕りにするかどうかは成り行き次第だ。そろそろ頃合いだぞ」

「いってきやす」

通りの真ん中へ安次郎が歩いていった。ふたりの武士に近寄り、行く手を塞ぐように立ち止まった。

「あれ、見たような顔だな」

わざとらしく素《す》っ頓狂《とんきょう》な声をあげて、安次郎がふたりの武士の顔を覗き込んだ。

「どけ」

まじまじと安次郎の顔を見つめ、武士のひとりが安次郎の脇を擦《す》り抜けようとした。

「どけ、とは何でえ。あっしは、こういうもんですぜ」

懐から十手を取りだして武士の鼻先に突きつけた。

露骨に侮蔑《ぶべつ》した顔つきとなって武士が吐き捨てた。

「岡っ引きか。邪魔をすると許さんぞ」

「許さねえ、だと。尋常じゃねえな。どうしようというんでえ」

腕まくりして安次郎が怒鳴った。

もうひとりの武士が、

「辻を右へ曲がった。見失ってしまうぞ」

「見失ってしまう？　何を見失ったっていうんだ」

今度は、その武士に安次郎が聞きなおした。

「応えている暇はない。いくぞ」

もうひとりの武士が歩きだそうとした。その武士の行く手を安次郎が遮った。

「てめえら、誰かをつけていたのか。何のために尾行なんかしているんだ」

「岡っ引き風情に話す必要はない。邪魔だ。どけ」

声高にいうや、話していた武士が安次郎を突き飛ばした。

よろけた安次郎を見向きもせず、ふたりの武士が駕籠の後を追って走った。

「野郎。待ちやがれ」

十手をふりかざして安次郎がふたりの後につづいた。さらに、その後を早足で錬蔵がつけていく。

辻の手前で安次郎が足を止め町家の外壁に身を寄せた。錬蔵が歩み寄ると安次郎が振り返って声をかけてきた。

「奴ら、駕籠を見失ったようですぜ」

深編笠の端を持ち上げて錬蔵が見やった。

ふたりの武士が途方に暮れて立ち尽くしていた。顔を見合わせ、首を傾げて何やら話している。様子からみて、武士たちが駕籠をつけていたのはあきらかだった。

「どうしやす」

問うてきた安次郎に、

「おれが仕掛ける」

応えた錬蔵に、

「仕掛ける、とは」

怪訝な顔つきで安次郎が問いかけた。

「生け捕りにして駕籠をつけたかどうか聞き出さねばなるまい。それと」

「それと」

鸚鵡返しした安次郎に、

「田中藩の騒動の黒幕を誘い出すにも、牢に放り込んである者以外に、後ふたりぐらい牢に入れてもいいとおもってな」

「どうしやす」

「喧嘩をふっかけて峰打ちにする。近くの自身番までふたりを運ぶのを手伝ってくれ」

「わかりやした」

応えた安次郎のことばも終わらぬうちに、錬蔵は早足で通りへ出ていた。

通りの真ん中に立ち尽くす武士たちの脇を通り抜けようとした錬蔵の大刀の鞘が、武士のひとりの鞘に当たった。

「無礼であろう。武士の魂でもある刀の鞘に鞘をぶち当てて、このままで済むとおもうか」

足を止めた錬蔵が見返りざま声を荒げた。

「何。当たってきたはおぬしであろう」

「言いがかりをつけるのか」

怒りを露わにふたりが怒鳴った。

「無礼を詫びる気がない、とみた。許さぬ」

いきなり錬蔵が腰の一刀を鞘走らせた。

瞬《まばた》きする間もなかった。

大刀を峰に返した錬蔵は左右に振って、ふたりの武士の脇腹を打ち据えていた。刀の柄に手をかけることもなく、ふたりの武士が大きく呻いて気を失い、通りに崩れ落ちた。

駆け寄った安次郎に、鞘に大刀を納めながら錬蔵が、

「担いで火の見櫓《やぐら》下の自身番へ運ぶ。番太郎に荷車を手配させ大番屋へ運び込むのだ」

「あっしはこいつを担ぎやす」

片膝をついた安次郎がひとりを抱き起こし肩に担いだ。

手配させた荷車にぐるぐる巻きに縛り上げたふたりの武士をくくりつけ、筵をかぶせた錬蔵と安次郎は番太郎に荷車を牽《ひ》かせ、深川鞘番所へもどった。

小者たちの手を借りた錬蔵と安次郎は、ふたりの武士を牢屋へ運びこんだ。錬蔵は先に捕らえた武士を入れてある牢の前で、安次郎と小者たちにふたりの武士の縄をとかせた。

その間、錬蔵はじっと牢のなかの武士に目線を注いでいた。

牢の中の武士は、最初は、ぼんやりと安次郎たちの方を眺めていた。が、手筈《てはず》どお

りに安次郎たちが、ふたりの武士の顔を、よく見えるように牢の方に向けたとき、牢内の武士の顔に驚愕が浮いた。

牢格子ににじり寄った牢のなかの武士が、凝然とふたりの武士を見据える。

「知り人か」

かけられた錬蔵の声に、はっと我にもどった武士が慌てて顔を背けた。あきらかに動揺していた。

「知らぬ。見たこともない顔だ」

牢の中から武士が応えた。

「そうか。知らぬか。こ奴らが気絶からさめたら責めにかけるつもりだ。深川で胡乱《うろん》な動きをした理由《わけ》など細かく問い糺《ただ》す所存。厳しい拷問となる。いずれは、おぬしも拷問にかける。こ奴らの呻き声など聞きながら、よく考えるんだな」

武士は背中を向けたまま応えようとはしなかった。

ゆっくりと安次郎たちを振り向いて錬蔵が告げた。

「ふたりを牢に放り込め」

無言で安次郎たちが顎を引いた。

翌朝、錬蔵は松倉ら同心たちを用部屋へ呼び寄せた。前原も松倉たちとならんで控えている。安次郎は、昨夜、錬蔵とともに揺海寺へ出向き、前原と交代して揺海寺に居残っていた。

「昨日の見廻りでいつもと変わった動きはなかったか」

問いかけた錬蔵に松倉と八木が顔を見合わせた。首を捻った小幡が何事か思いだしたのか身を乗りだした。

「そういえば駕籠辰《たつ》の近くでたむろしている浪人ふたりを見かけましたが」

「見張っていた様子だったか」

「それが、気になって足を止めただけだったので、見張っていたかどうかまでは」

横から八木が声を上げた。

「駕籠といえば、ふたりの浪人が駕籠をつけていたような。その駕籠が右へ曲がると右へ浪人が折れた。不審な動きだとおもったのでつけてみたら、左へ駕籠が行き、浪人たちも左へ曲がる。さらにつけると裏店《うらだな》の前で駕籠が客を下ろしている。その傍らを浪人たちが通りすぎていったので気のせいだったかと引き上げてきたのだが」

松倉は、

「見廻りのさなか、いつもと変わった様子は見うけませんでした」

と神妙な顔で応えた。

「昨日、御支配が新たに勤番侍らしきふたりを牢に入れられたと小者より聞きましたが、支配違いの一件で何か動きがあったのですか」

「新たに牢に入れたふたりは駕籠をつけていた。一昨夜、一計を案じ駕籠を菊姫様たちの行方をくらますための道具に使った。菊姫様たちがいずこかへ所在を移したのではないか、との疑念を抱いた敵が動きだしたのかもしれぬ」

「胡乱な動きをする勤番侍や浪人たちには監視の眼を強めるようにいたします」

そういって松倉が八木と小幡を見やった。八木と小幡が顎を引いた。


その日の昼過ぎのこと……。

江戸から遠く離れた駿河国田中の城下町の外れ、藤枝宿寄りにある丹羽政隆の屋敷をひとりの雲水が訪れていた。

屋敷の表門を藩士数名が見張っている。その雲水は雲水笠をかぶったまま、

「政隆に会いに来た。取り次げ」

と藩士に声をかけた。

「殿の叔父君を呼び捨てにするとは無礼な。仏に仕える雲水といえども容赦はせぬ

ぞ」

と藩士がいきり立った。

雲水が雲水笠の端に手をかけ、わずかに持ち上げて名乗った。

「わしじゃ。行心じゃ」

顔を覗き込んだ藩士が驚愕して腰を屈めた。

「これは、行心様。江戸におられるはずが前触れもない訪れ、何用でございますか」

「弟に会うのに何の理由もいるまい。強いていえば、久しぶりに兄弟で舟遊びでも愉《たの》しみたくなったのよ。通るぞ」

足を踏み出した行心に瀟洒《しょうしゃ》な檜皮葺《ひわだぶき》門の門扉を開けるべく、藩士たちが慌てて動いた。

庭に面した座敷で行心と丹羽政隆は向かい合って坐っている。

出された茶を一口飲んで行心が問いかけた。

「表門に見張りがついていたが、なぜだ。これでは軟禁同様の扱いではないか」

「兄上、それには理由《わけ》があるのだ」

「理由、とな」

「江戸詰めの藩士で目付役を務める飯塚俊太郎が密かに国元にやってきたのだ。結果的には、田中に着くなり真っ先に私を訪ねて来たのが飯塚には幸いした」

「幸いした、とは」

「下手に国元の重臣たちの屋敷を訪ねたら命を失うことになったかもしれぬ」

「命を失うとは、尋常ならざる話だな」

「飯塚俊太郎は私と顔を合わせるなり、『国元では殿を隠居に追い込み、政隆様を新たな藩主に仰ごうとの企みが国家老、菅田刑部様を中心にすすめられているとの由。政隆様においても、この企てに加担なされているとの噂が江戸の藩邸に蔓延《まんえん》しておりまする。江戸藩邸は病弱な殿には隠居していただき、政隆様を擁立し、さらに菊姫様にどこぞの大名家の若君を娶《めあわ》せ、藩の安泰を計るべきだとの意見を持つ一派が次席家老、坂崎采女《うねめ》様を中心に勢力を拡大し大勢を占め、殿を擁護する一派との確執を深めております。このことが幕閣の耳に入り御家騒動とは何たる不始末、との咎《とが》めを受け評定所の裁きを仰ぐようなことになれば、まさしく御家の存亡にかかわる大事。政隆様の真意のほど、お聞かせくださいませ』と必死さを漲《みなぎ》らせての強談判《こわだんぱん》する始末。そんな話をするために無断で江戸を発ち国元に入った、となると、それだけでも飯塚は藩の秩序を乱した罪に問われるに違いない。悪ければ詰め腹を切らされる恐れもある」

　うむ、と行心がうなずいて、問いかけた。

「それで、どう応えたのだ」

「どうもこうもない。私は、城代家老の渡部兵衛から、『殿は生来、病弱の身。万が一、病にて急死なされるようなことがあれば政隆様を新たな藩主に擁立するしかありませぬ』と申し入れられ、『藩を存続するためには仕方あるまい。しかるべき大名家の若君を菊姫と娶せるまでの短い間なら引き受けよう』と返答した。そうとしかいいようがないではないか。兄上は出家されている。備後守殿亡き後は、男は私しか丹羽家の血筋をつなぐ者はおらぬからな」

「それは、たしかにそうだ。が、なぜ屋敷に見張りがついたか、まだ聞いておらぬ」

「私は飯塚に国家老、菅田刑部は昼行灯《ひるあんどん》の仇名をつけられるほどの、のんびりした気質の者。そのような企てをめぐらすほどの悪知恵があるとは、とてもおもえぬ、と告げた。が、飯塚は、『ならば菅田様と渡部様をこの屋敷に呼ばれて、事の真偽を確かめてくだされ』と頼み込んでくる。それで私は」

「菅田と渡部を呼んで事の真偽を問い糾したのか」

　問うた行心の眼が鋭く光った。そのことに気づくことなく政隆が応えた。

「呼んで飯塚の前で話をした。飯塚を人目にさらしてはならぬ。一歩も外に出さぬようにするが御家のため、との理由をつけ、表門と裏門に見張りがついたのは、萱田と渡部が引き上げていった日の夜からだ」

「見張りをつけたのは萱田、渡部ふたりの指図か、あるいは萱田か渡部、いずれかの指図ということになるな」

首を傾げて行心が黙り込んだ。

わずかの沈黙があった。

「この手しかあるまい」

独り言ちた行心が政隆を見やった。

「飯塚俊太郎を呼んでくれ。それと政隆、おれと一緒に江戸へ来い。おれが住職を務める揺海寺を宿所がわりに芸事三昧の暮らしをするのも悪くないぞ」

眼を輝かせて政隆が身を乗りだした。

「悪くない趣向だ。芸事を愉しむは江戸に限る。いつ江戸へ出立する」

「すぐだ。支度は軽めでいいぞ。金子《きんす》は屋敷にある分すべて懐に入れて持っていけ。金さえあれば江戸では何でもすぐ手に入る。わしは出立前に一仕事、すまさねばならぬ。飯塚俊太郎を出家させるのだ」

「飯塚を坊主にするのか」

「わしはこれでも、れっきとした曹洞宗の寺の住職だ。俗世にある者を出家させることが出来る立場にある」

得意げに行心が胸を反らせた。

表門に姿を現した行心と政隆に頭を下げた見張りの藩士が、ふたりに従う髪の剃り跡も青々とした坊主頭の白装束の僧侶に眼を止めた。じっと僧侶を見つめて藩士が驚きの声を上げた。

「おぬしは飯塚俊太郎。その頭はどうした」

横から行心が告げた。

「飯塚俊太郎とは俗世で名乗っていた名。いまは俊珍《しゅんちん》という。わしが出家させた。いまはわしの弟子でもある。手配しておいた漁《いさ》り舟を瀬戸川に待たせてある。兄弟水入らずで藤枝宿に泊まって舟遊びを愉しむ。俊珍は身の回りの世話をさせるためにつれていく。よいな」

「それは」

不満げな声を上げた藩士に、

「兄上の仰有ることは余のことばでもある。余のいうことが聞けぬのか。菅田と渡部には余から命じられたゆえ背くわけにはいきませなんだ、と報告するがよい。責めは余が受ける。よいな」

「お申し付けの通りにいたしまする」

深々と藩士が頭を垂れた。

「参るぞ」

声をかけた行心が歩きだした。政隆と飯塚俊太郎がつづいた。


田中で行心が政隆と飯塚俊太郎を舟遊びに連れ出した日の夜……。

江戸は皆川町の田宮道場の奥の座敷には、上座にある村上頼母と三谷、長尾ら数人の藩士たち、向かい合って坐る田宮郷助と背後に控える門弟数名の姿があった。

沈痛な面持ちで村上頼母が三谷に問うた。

「大島《おおしま》と富沢《とみざわ》はどうしたのだ。集まると定めた刻限はとうに過ぎている」

「しかと刻限は申しつたえてあります。のっぴきならぬ何かが起こったのでは」

「またしても捕らえられたのかもしれませぬな」

口をはさんだ田宮郷助に村上頼母が、

「これで五人の藩士の行方がしれなくなった。万が一、田宮殿がいう通り深川大番屋の手の者に捕らえられたとすれば、厳しい拷問に耐えかね田中藩の騒動の顛末を洗いざらい白状してしまうかもしれぬ。どうしたらいいのか、わからぬ」

「あの夜、揺海寺へ駕籠辰から出向いた駕籠昇たちのなかのふたりを捕まえて縛り上げ、納屋に放り込んであります。責めあげれば多少の手がかりは得られるはず」

「頼む。五人の行方がわかれば取り戻してほしい」

「取り戻すのが難しければ、いかがいたしましょう」

問うた田宮郷助に、うむ、と唸って村上頼母が首を捻った。

わずかの沈黙があった。

喘ぐように村上頼母がつぶやいた。

「仕方あるまい」

聞き咎めて田宮郷助が問うた。

「仕方あるまい、とは」

「御家の騒動を表沙汰にするわけにはいかぬ。噂の因《もと》となる芽は摘《つ》み取らねばならない。口を封じるしかなかろう。井崎らの命を断つしか手はあるまい」

そのことばに三谷らが一様に息を呑んで顔を見合わせた。それぞれの眼に動揺がみえた。

「村上様より、そのことをお聞きして気が楽になりました。井崎殿たち救出のこと、出来うる限りの手立てを尽くすつもりでおります」

薄ら笑いを浮かべて田宮郷助が応じた。

三

牢屋へ入ってきた錬蔵に気づいても、牢内の三人は背中を向けたまま、振り向こうともしなかった。

牢の前に立った錬蔵は武士たちを凝然と見つめた。

探り合いの重苦しいまでの静寂が、その場を支配している。

ややあって……。

口を開いたのは錬蔵だった。

「三人とも、まだ話す気にならぬようだな。なら、このまま無為に時を過ごすがよい。おれは一向にかまわぬ。一年でも、二年でも牢に入れておくだけのことだ」

いうなり背中を向けた。

牢屋から錬蔵が出ていったのを見届けた、牢にひとりでいれられていた武士が隣りの牢のふたりに呼びかけた。

「大島殿、富沢殿、井崎でござる。牢に運び込まれたときは気を失っていたが峰打ちの一撃でも受けたのか」

隣りの牢との仕切りとなっている板壁近くの牢格子に手をかけた大島が、井崎に応えた。

「その声は、まさしく井崎殿。奴め、深編笠に小袖の浪人と見紛《まご》う出で立ちで、おれたちを追い越しざま、わざと大刀の鞘をぶつけて喧嘩を売ってきたのだ。抗弁したら、いきなり峰打ちを仕掛けてきた。刀を抜く暇もないほどの迅速《じんそく》の業《わざ》であった」

「大滝錬蔵は達人といってもいいほどの剣の使い手だ。情けをかけて峰打ちにしてくれたのだ。ふつうなら今頃、三途の川を渡っている」

そのことばが大島の癇《かん》に障った。

「井崎殿、その口振りだと、だいぶ大滝とやらを買いかぶっておられるようですな。たかが不浄役人、田中藩の威勢をもってすれば大滝錬蔵など物の数ではない」

「この牢の中で田中藩の威勢など通用するとおもっているのか。我らが田中藩の藩士だと名乗れば、大滝は御家騒動の顚末《てんまつ》を調べ書としてしたため、町奉行を通じて幕閣へ上申し、評定所での裁きを求めるに違いないのだ」

「井崎殿、富沢でござる。評定所で裁かれるような事態に陥《おちい》ると田中藩が取り潰されることもあり得る。我らはどうすればいいのだ」

「このまま、だんまりを決め込むしか手はあるまい。たとえ手酷《ひど》い拷問を受けても一言も口をきいてはならぬ。よろしいな」

念を押した井崎に、

「承知」

「藩から必ず助けに来る。それまでの辛抱だ」

ほとんど同時に富沢と大島が声を上げた。

牢屋の外壁に張り付いて聞き耳を立てている男がいた。

前原伝吉だった。

「とりあえず三人の名だけはわかった。一人目が井崎、昨日、牢に入れたふたりは大島に富沢か。まずは御支配に復申せねばなるまい」

独り言ちて前原は外壁から離れた。

用部屋で錬蔵は前原と向き合っていた。

「おれが牢屋から出たら必ずことばを交わし合うと踏んでいたが、読みが当たったな」

笑みを浮かべた錬蔵に前原が問うた。

「三人を拷問にかけ、田中藩の藩士であることを白状させますか」

「しばらく、このままにしておこう。もっとも、三人が口を開く前に菊姫様たちが藩邸へもどることが出来るよう、田中へ出向かれた行心様が計らってくださるかもしれぬ」

「それが一件落着には一番の手立てでしょうな」

「とりあえず、行心様が深川にもどられるまで待つしかあるまい。それまで何事も起こらぬよう願いたいが、そうもいくまい」

「おそらく騒ぎはおさまりますまい」

うなずいた錬蔵が、

「さてと、揺海寺へ出向くとするか」

「安次郎が見廻りに出たくて、うずうずしていることでございましょう。溝口殿とともに経文を読む暮らし。門前の小僧習わぬ経を読む、の譬《たと》え通り、私も経文をそらで唱えることができるようになるかもしれませぬ」

生真面目な顔で前原が応えた。

その日、見廻りに出た錬蔵と安次郎は、人捜しでもしているのか、うろついている田中藩の藩士と思われる武士たちや雇われたとみえる浪人たちの姿をあちこちでみかけた。昨日のように駕籠をつけている者はいなかった。

ふたりは河水楼には近づかないようにしていた。錬蔵はもちろん安次郎の顔も知られている。迂闊《うかつ》に河水楼に出入りすれば、菊姫と登代の行方を藩士たちに教えることになると錬蔵は考えていた。

暮六つ（午後六時）を告げる入江町の時鐘が鳴り響く頃、錬蔵は安次郎とともに深川鞘番所へもどった。

用部屋で松倉ら同心たちと、その日の見廻りの結果を話し合うことになっている。

今夜は、前原が揺海寺に泊まり込むことになっており鞘番所にはいなかった。

「安次郎だけを揺海寺に泊まり込ませるのは何かと心苦しい。交代で泊まり込むようにしたらどうだろう」

との前原の申し出に、

「そいつはありがたい。どうも寺の中は辛気《しんき》くさくていけねえ。毎晩、泊まり込んでると気分がくさくさしてくるんで」

と安次郎が大喜びして決まったことだった。

いつものように松倉、八木、小幡が錬蔵と向き合って坐り、安次郎は戸襖の脇に控えている。

「人捜しでもしているのか、町のあちこちで武士や浪人たちをみかけました。駕籠をつけている者など、ひとりもおりませんでした」

異口同音に三人の同心が応えた。

揺海寺から菊姫と登代が姿をくらましたことを察知した御家騒動の黒幕が、田中藩の藩士や雇った浪人たちに命じて、ふたりの行方を探っているのだろう。そう錬蔵は推断した。

「今日で三日目か」

おもわず錬蔵はつぶやいていた。

「三日目、とは」

聞いてきた松倉に、

「いや、何でもない。独り言だ」

誤魔化《ごまか》した錬蔵だったが、行心がいつ江戸に帰ってくるか、胸中で勘定していた自分に驚かされていた。行心が、田中へ出かけたのは御家騒動を鎮《しず》めるための動きに相違ないのだ。何らかの成果はあるはず、と錬蔵は踏んでいた。

(行心様が江戸へもどってくるのは早くて六日目)

と錬蔵は踏んでいた。あと三日もある、と錬蔵はおもった。

陰謀をめぐらす一派が、駕籠をつけることを止めたのには何らかの意味があるはずだった。

駕籠をつけさせたのは、揺海寺に芸者たちを乗せてきた駕籠舁たちを探しだして捕らえ、菊姫たちの隠れ場所を聞き出すためではないのか。そう思いいたったとき、錬蔵は、おもわず舌を鳴らしていた。

武士や浪人たちが駕籠をつけていなかったということは、どこぞの駕籠屋の駕籠舁を捕らえたからかもしれないのだ。

そう推測した錬蔵は同心たちを見据えた。

「揺海寺で催した酒宴に芸者を乗せてきた駕籠は、駕籠辰など深川にある数軒の駕籠屋で手配した、と河水の藤右衛門がいっていた。松倉、八木、小幡、手分けして駕籠屋にあたれ。どこぞの駕籠舁が行く方知れずになっているかもしれぬ」

「直ちに」

脇に置いた大刀を手にとって松倉たちが立ち上がった。

用部屋から同心たちが出ていった後、錬蔵が呼びかけた。

「安次郎、おれたちは、ここで知らせを待つこととしよう」

「知らせ、を。誰からの知らせですかい」

聞いてきた安次郎に、

「誰かわからぬ。ただ、おれの勘が何かが起こると告げている」

そういって錬蔵は不敵な笑みを浮かべた。

小半刻（三十分）もしないうちに、その知らせは来た。

血相を変えた政吉が深川鞘番所へ駆けつけ、

「主人が、急ぎの所用があると申します。万難を排して、直ちに駆けつけていただきたいとのことで」

と、息せき切って錬蔵に訴えた。

「承知」

と返答した錬蔵は、深編笠に小袖を着流した忍びの姿で、安次郎、政吉とともに河水楼へ急いだ。

河水楼に着いた錬蔵に気づくなり、帳場に坐っていた藤右衛門が立ち上がった。その顔が険しい。かなりの異変が起こったのはあきらかだった。

歩み寄った藤右衛門が錬蔵に小声で告げた。

「裏の物置に置いてあります。ご案内いたします」

そういって錬蔵の返答も待たず、土間の草履に足をのばした。

物置には垂れを下ろした一挺の駕籠が置いてあった。錬蔵と安次郎が入ると藤右衛門が物置の板戸を閉めた。

物置には灯りがなかった。暗がりのなかで錬蔵は眼を凝らした。

駕籠の脇に立つ政吉に藤右衛門が声をかけた。

「提灯をつけて、駕籠の垂れを開けな。なかが見えるように提灯を近づけるんだ」

いわれた通り政吉が懐から取りだした火打ちで紙縒《こより》に火をつけた。蠟燭《ろうそく》の芯に、燃え上がった紙縒を近づける。

蠟燭の炎が揺れた。

蠟燭を入れた提灯を手にした政吉が駕籠の垂れをめくった。

提灯を近づける。

駕籠舁のひとりが相棒の駕籠舁を膝に乗せて抱きかかえる形で坐っていた。ふたりとも上半身は裸だった。離れぬように、ふたりは荒縄で縛られている。

かなり手酷く扱われたらしく、顔や胸、腹に無数の、血の滲んだ傷跡が残っていた。傷跡からみて割れ竹で叩かれたのだろう。

「揺海寺に芸者を乗せてきた駕籠舁のうちのふたりか」

問いかけた錬蔵に藤右衛門が応えた。

「そうです。暮六つ前に河水楼の前にこの駕籠が置いてあったそうで。担いできたはずの駕籠舁の姿がみえない。邪魔になるので片付けようとして、あらためたら駕籠舁ふたりの骸が乗っていたという次第で」

「それで物置へ運んだのか」

「これしきのことで河水楼を休むわけにはいきませぬからな。まずは人目のつかぬところへ運び入れて、それから大滝さまのところへ政吉を走らせました」

「ついに深川の住人が田中藩の御家騒動の巻き添えを食ったか」

忸怩《じくじ》たるおもいが錬蔵には湧いていた。余計なことにかかわったのかもしれない、との後悔がこころをかすめた。

「一日、いや一刻も早く一件を落着せねばなりませぬな」

おのれに言い聞かせるかのような藤右衛門の物言いだった。

「おれも、同じおもいだ。が」

「が、何でございます」

「いま、この瞬間、おれには事を落着するためのよき手立てがない。どうしたらいいか、わからぬ」

無意識のうちに錬蔵は唇を嚙みしめていた。

そんな錬蔵を藤右衛門が厳しい眼差しで見据えている。

四

「富造です。入りやす」

声をかけて物置の板戸を開け、富造が入ってきた。その顔が引きつっている。

「どうした」

問いかけた藤右衛門に、

「妙な客が来てるんで。それも、ざっと二十人ほど。座敷に上げていいかどうかお聞きしたほうがいいんじゃねえかとおもいやして」

応えた富造に、さらに藤右衛門が問いを重ねた。

「妙な客、とは」

「およそ茶屋遊びには無縁の、とても懐が豊かとはおもえない武士と柄の悪そうな浪人たちの組み合わせでして」

横から錬蔵が口をはさんだ。

「おそらく田中藩の藩士と金で雇われた浪人たちであろう。河水楼の前に駕籠を置いたのも、おそらく、そ奴らだ。菊姫様たちの居場所は突き止めた。もう逃がさぬ、と我らを威圧する気で来たのだろう」

うなずいた藤右衛門が、

「まさしく大滝さまの読みどおりでしょうな」

と応じて、目線を移した。

「富造、座敷に通しておやり。田中藩が後ろについているんだ。芸者衆を十数人ほど手配し、値の張る酒と肴《さかな》を、どんどん出して、たっぷり儲けさせてもらおうじゃないか」

にやり、として藤右衛門が応えた。

突然……。

提灯を近づけ駕籠のなかを覗き込んでいた政吉が声を上げた。

「やっぱり駕籠辰の駕籠舁だ。たしか友松《ともまつ》と可助《かすけ》という名だった。よほど苦しかったのか顔が歪《ゆが》んでいて、すぐにはわからなかったが、手酷く折檻されたに違《ちげ》えねえ」

「駕籠辰の駕籠舁だと」

顔を向けて藤右衛門が、ことばを重ねた。

「富造、男衆を駕籠辰に走らせろ。駕籠辰の親方に『ふたりの骸を預かっている。河水の藤右衛門が丁重に弔《とむら》いを出す気でいるが、まずは河水楼に顔を出してくれ』とつたえるんだ」

「わかりやした。妙な客を座敷に上げることと駕籠辰へ使いを走らせること、すぐに手配いたしやす」

小さく頭を下げて富造が板戸を開け、出ていった。

やりとりを凝然と見つめていた錬蔵が、

「安次郎、菊姫様と登代殿を呼んでくるのだ」

「菊姫さまと登代さんを呼んできて、何をなさる気で」

「いかに高貴の身とはいえ、友松と可助の骸には手を合わせてもらうべきだろう。菊姫様たちが深川に来なければ、友松と可助は死なずにすんだのだ」

「旦那、そりゃ、ちょっと、あまりにも」

いいかけた安次郎を遮って錬蔵が告げた。

「つれて来い。菊姫様と登代殿には、何が何でも友松たちの骸を見てもらわねばならぬのだ」

穏やかな口調だったが、厳しさがその声音に籠もっていた。

「わかりやした」

応えた安次郎が唇を真一文字に結んだ。

提灯が駕籠のなかの友松と可助の顔を照らし出している。血がこびりついた傷だらけの顔には無念さが籠もっていた。

物置に入ってきた菊姫と登代は不安げに顔を見合わせた。

「よく見られよ」

顎をしゃくった錬蔵の動きを合図がわりに、政吉が提灯を駕籠のなかの、ふたりの骸に近づけた。

息を呑んだ菊姫は恐ろしさに耐えかねたのか、登代に抱きすがり肩に顔を埋めた。

登代が菊姫を抱きしめる。

友松らの骸を見据えて錬蔵が告げた。

「揺海寺に芸者衆を乗せた駕籠を担いできた駕籠舁だ。菊姫様と登代殿には供養のため、仏に是非とも手を合わせていただきたい。おふたりが深川に姿を現さなければ死なずにすんだふたりだ」

「それでは、このふたりは」

声を高めた登代が骸を凝然と見つめた。菊姫も目を向ける。

「左様。田中藩の藩士か、あるいは田中藩の依頼を受けた者がふたりを捕らえ、拷問にかけて息の根を断ったのだ」

「証《あかし》が、田中藩のだれぞがやったとの、たしかな証がありますか」

問うた登代に錬蔵が、

「田中藩の藩士とおもわれる三人を大番屋の牢に入れてある。その三人に菊姫様がみずから詰問されるがよかろう。それと」

「それと」

鸚鵡返しした登代に錬蔵が、

「いましがた、ここ河水楼の座敷に田中藩の武士とかかわりありげな浪人ども二十人あまりが二階に上がり込んだ。菊姫様の居所を突き止めたことを我らに知らしめるための動きとみた」

「当家の二階に」

呻くようにいい登代が菊姫を見やった。

じっと登代を見返して菊姫が口を開いた。

「登代、もう逃げるのはやめましょう」

「それは」

「大滝のいうとおりです。大番屋へ出向き、牢に入れられている三人を詰問して、陰謀の全容を知りたいのです」

横から錬蔵が告げた。

「それを行うが藩主の一族たる菊姫様の務め。我ら大番屋に詰める者たちが深川に住み暮らす者たちの日々の安穏を守るを第一と心得るのと同じことです。田中藩の家臣たちとその家族、領民たちの安穏を守る政を行い、藩の安泰、繁栄をつくり上げる責務を、生まれた時から藩主と、その一族は背負っているのです。菊姫様は田中藩藩主の妹君。まさしく藩主の一族なのですぞ」

「大滝、大番屋へまいりましょう。警固を頼みます」

「承知仕《つかまつ》った」

「大滝さま、大番屋へ移った後は、どうなります。江戸町奉行所指揮下にある深川大番屋が支配違いの大名、藩士たちを相手にするなど、とても出来ぬ話。姫様とわたしが藩邸へもどれば、一応の落着はつきまする」

覚悟を滲ませて登代が声を上げた。

「それでは登代殿の命が危うくなる」

応えた錬蔵に登代が、

「もとより、そのつもりで動きだしたこと」

「いったはずだ。おれの務めは深川の安穏を守ることだと。菊姫様と登代殿が深川にいる間は守り抜かねばならぬ責務が、おれにはあるのだ」

「大滝」

「大滝様」

ほとんど同時に呼びかけた菊姫と登代が縋《すが》る目で見つめた。

「我らには支配違いの壁。田中藩の権勢を手中におさめようと謀略をめぐらす者たちにしてみれば、騒動が表沙汰になり御家断絶となる愚だけは避けねばならぬという、まさしく、竦《すく》み上がった有り様。はじめから菊姫様と登代殿を大番屋に匿えば友松と可助は殺されなかったはず。いまは、そのことを悔いております」

話に聞き入っていた藤右衛門が口をはさんだ。

「大滝さまには、今となっては深川鞘番所にて籠城し、討ち死に覚悟で田中藩の謀略をめぐらす一味を迎え撃つしかない、と思案されたとみましたが、あまり、上策とはいえませせぬな」

「上策ではない、とは」

「田中藩に巣くう悪の一味が北町の御奉行さまを賂《まいない》漬けにし裏取引するかもしれませぬぞ。大滝さまに落度あり、と御奉行が咎《とが》められ裁く。そのような筋立てがないとはいえませぬ」

「御奉行を賂漬けにし、いうことを聞いてもらえるように仕立て上げるには、それなりの時がかかる。それまでに勝負をつける」

「これは、いつもの大滝さまらしくない剣呑《けんのん》な物の言い様。ようは菊姫さまたちの隠れ家があればすむこと。河水の藤右衛門、隠居暮らしに備えて六万坪そばに別宅を構えております。そこを使われたら、いかがですかな。その別宅を壊そうが血で汚そうが、大滝さまの勝手になさいませ。深川の安穏を守るために、私も、もう一肌、脱ぎたいのでございますよ」

「藤右衛門」

見つめた錬蔵に笑いかけた藤右衛門が、顔を菊姫たちに向け、

「さて話は決まった。菊姫さまと登代さんには、すぐにも鞘番所へ移っていただかねばなりませぬな」

硬い顔で菊姫が応えた。

「その前に済まさねばならぬことがあります。登代」

と呼びかけ、膝を折った。登代も菊姫にならった。

駕籠のなかの友松と可助の骸に向かって菊姫と登代が手を合わせた。そんなふたりを錬蔵たちが見つめている。

河水楼の広間では藩士や浪人たちが肴を数皿のせた高足膳を前に酒を酌み交わしていた。十数人の芸者たちが酌などして機嫌を取り結んでいる。三味線を手にしたお紋が立ちあがって廊下に顔を出し、控えている男衆に声をかけた。

「酒と肴が足りないよ。じゃんじゃん運んでおくれ。男芸者もそろったし、そろそろ三味線に太鼓の鳴り物も派手に始めるからね」

「せいぜい華やかにお願いしやす。手管を尽くして酒を浴びるほど呑ませ、早く酔い潰してほしいもので」

顔をあげた男衆は富造だった。立ち上がるや板場へ注文を通しに早足で去っていく。

その後ろ姿を見送ってお紋が独り言ちた。

「何年、芸者商売をやってるとおもうんだい。遊び慣れてない客をおだてあげ、たらふく酒を呑ませて、湯水の如く銭を使わせる技は、こちとら、とことん叩き込まれているんだよ」

溜息をついて、つづけた。

「それにしても、ついてないねえ。やっと大滝の旦那が河水楼に顔を出してくれたっていうのに、顔も見られず、くだらない奴らのお相手を務めなきゃならないなんて、ほんとに、厭になっちまう」

さらに大きく溜息をついた。

座敷では、銚子片手に諸肌《もろはだ》脱いで浪人が踊り出している。いやがる芸者に無理矢理抱きつく男たちの姿があちこちにみられた。乱痴気騒ぎが、すでに始まっていた。

河水楼から出てきた錬蔵は菊姫と登代を振り返った。その後に、腰に長脇差を帯びた安次郎と政吉の姿があった。

歩きだした錬蔵に菊姫たちがつづいた。

河水楼から、いい音の三味線が聞こえてくる。その音色に錬蔵は覚えがあった。お紋がひいているのだ。そう気づいた錬蔵は、おもわず耳を傾けた。

気質によるものだろうか、お紋のひく三味線の音には弾けるような軽やかさがあった。それでいて、人の世の儚《はかな》さ、哀しさも感じさせる。長年、鍛え上げて身につけた、単なる技以上の何かがあるのだろう。

一瞬、聞き惚《ほ》れそうになった錬蔵のおもいを断ち切る殺気が、前方から浴びせられた。その殺気の主は左手の町家の前に立っていた。羽織を纏《まと》い、袴をはいた、町道場の主とみえる出で立ちの武士だった。背後にふたり、一癖ありげな浪人を従えている。

その三人から菊姫と登代を遮るように安次郎が動いた。歩きながら安次郎が小声で錬蔵に話しかけた。

「旦那、形《なり》は剣客風に変わっていやすが、あいつは村上頼母さまに従って揺海寺にやってきた若党ですぜ」

その声が聞こえたのか、登代が囁くように話に加わった。

「間違いありません。村上さまと一緒に来た若党です。初めて見かけた若党が、なぜか気にかかって、顔を瞼《まぶた》に刻み込んでおります」

「鯉口《こいぐち》を切っておけ。凄まじい殺気だ。いつ斬りつけられるかわからぬ」

「そうしやす」

後ろから来る政吉を振り向いて安次郎が声をかけた。

「支度だけは、しときな」

長脇差の柄を叩いた。黙ったまま政吉が顎を引いた。

背後から、ずっと殺気は発せられていた。剣客がつけてきているのは、あきらかだった。

が、襲ってくることはなかった。錬蔵たちは何事もなく深川大番屋の表門に着いた。門番に声をかけ潜り口を開けさせて菊姫、登代、政吉、安次郎、錬蔵の順に入っていった。そんな錬蔵たちを物陰から剣客とふたりの浪人が見つめている。

牢のなかにいる井崎たちに動揺が走った。

牢屋に入ってきた錬蔵の背後にいる菊姫と登代に気づいたからだった。安次郎と政吉の姿もみえた。

牢の前に立った錬蔵が菊姫と登代を見やって問いかけた。

「この者たちに見覚えはありませぬか」

目を凝らした登代が応えた。

「井崎殿、大島殿に富沢殿。何たる体《てい》たらく、田中藩藩士として恥を知りなされ」

三人が一様に肩をすぼめ、面目なさげにうつむいた。

一歩、前に出て菊姫が告げた。

「菊じゃ。いままでの所業、許せぬ。大滝、わらわが差し許す。この者たちを上意討ちにせい」

大刀を引き抜いた錬蔵が牢に歩み寄った。

「菊姫様のご命令だ。深川大番屋支配、大滝錬蔵、上意討ち仕る」

振り向くことなく声をかけた。

「安次郎、政吉、牢を開けてひとりずつ引き出せ」

「ひとりの方から始めるかい」

懐から鍵をとりだした安次郎が政吉に聞いた。

「安次郎さんにまかせますよ」

薄ら笑った安次郎が、

「井崎とか呼ばれていたな。覚悟を決めな」

膝を折って錠前に鍵をさしこんだ。

牢の奥に後退った井崎が両手をついた。

「お許し、お許しくださいませ。殿は病弱の身、いつ急死なされるかもしれぬ。藩の存続、安泰のためには鬼にも蛇にもならねばならぬ。手段は選ばぬじゃ。家族も養っていかねばなるまい。跡継ぎなきをもって御家断絶となれば、浪々の身。食うにも困ることになるは必定。すべて藩の安泰のためじゃ、と村上様も次席家老の坂崎様も仰有います。江戸詰めの藩士たちのほとんどが村上様に説得され同腹となっております。逆らうは無理でございました。お許しくださいませ。お慈悲を、なにとぞ、お慈悲を」

悲鳴に似た声をあげて井崎が深々と頭を下げ、床に額をすりつけた。

「問答無用。引きだせ」

声を高めた錬蔵が大刀を上段に置いた。

「お助け。お許しくだされ。死ぬのは厭だ。改心します。何でも話します。だから許してくだされ。堪忍してくだされ」

合わせた手を高々と上げ、頭を何度も下げながら井崎が咽《むせ》び泣き叫んだ。

そんな井崎を、眉をひそめて菊姫と登代が冷ややかに見つめている。

五

翌朝、明六つ（午前六時）を告げる時の鐘が鳴り始めた頃、深川鞘番所に訪ねてきた男がいた。眠そうな眼をこすりながら物見窓をわずかにあけた門番に男は声をかけた。

「急ぎの用でございます。大滝さまに網干屋儀助が訪ねてきたとおつたえください」

門番が長屋へ出向いて表戸を叩くと安次郎が包丁片手に顔を出した。朝餉の支度をしていたようだった。

「御支配に急ぎの用があると、網干屋と名乗る男が訪ねてきていますが」

門番がいうと安次郎が、

「庭で剣術の鍛錬をなさっている。裏へ通って、直接つたえてくんな」

と顎をしゃくった。

土間を通り抜け裏戸を開けて顔を出した門番に気づいて、錬蔵が動きを止めた。歩み寄って門番が話しかけた。

「御支配、網干屋と名乗る男が訪ねてきておりますが」

「用部屋へ通せ。おれが着替える間、そこで待つようにつたえてくれ」

「わかりました」

応えた門番が背中を向けた。汗を拭いながら錬蔵が裏戸へ向かった。

用部屋で錬蔵は網干屋から、

「昨夜深更、飯塚俊太郎さまがおもいがけぬ方々と訪ねて来られました」

「まさか揺海寺の行心様ではあるまいな」

「その、まさかで。丹羽政隆さまもご一緒でございます」

「丹羽政隆様も共に来られたというのか」

おもいがけぬ展開となっていた。田中へ旅立つときに、行心は弟の政隆を江戸に連れてくる、と決めていたのだろう。

手駒は揃った、と錬蔵はおもった。菊姫、丹羽政隆、行心と田中藩の藩主の親族が深川の地に集まった。これで御家騒動を仕掛けた輩《やから》は藩主の丹羽備後守には迂闊に手を出せなくなる。菊姫、行心、丹羽政隆の三人が、いずこかへ身を隠せば、田中藩の藩主の座に就く資格を持つ者は丹羽備後守ひとりしかいないことになるからだ。

その唯一の人物の息の根を止めることは、

〈田中藩には、藩主を継ぐ者がいない〉

との理由を公儀に与え、御家断絶を招く恐れが出てくる。

つまるところ藩政を自由にするためには、騒動の黒幕、村上頼母は菊姫か丹羽政隆のどちらか、もしくはふたりを、おのが手中におさめるしか手はない。村上頼母は、そのための策を巡らすに相違なかった。

「まずは行心様、丹羽政隆様、飯塚俊太郎殿の身柄をただちに大番屋へ移すが先決。そのほうが警固がしやすい。網干屋から大番屋へ移る間に何があるかわからぬ。警固の人数がととのい次第、網干屋へ向かおう」

そう告げた錬蔵に、無言で網干屋が顎を引いた。

網干屋への行き帰りには尾行がついていた。錬蔵は安次郎、小幡、松倉、数人の小者を従えて網干屋へ出向き、小半刻（三十分）もとどまることなく行心、丹羽政隆、飯塚俊太郎を取り囲むようにして深川鞘番所までつれもどった。

網干屋の儀助や家人、奉公人たちが、これ以上、騒ぎに巻き込まれることがないように錬蔵は網干屋の表と裏には警固のため小者たちを残していった。

深川鞘番所にもどった錬蔵たちは接客の間に前原の長屋に泊まった菊姫と登代、行心、丹羽政隆、飯塚俊太郎を集めた。松倉、小幡、八木の同心たちが錬蔵の背後に、戸襖のそばに安次郎が控えている。

髷を切り、坊主頭となった飯塚俊太郎と顔を合わせた登代は驚愕に目を見開き、

「兄上、その姿は」

といったきり絶句した。口をはさんだ行心が、剃髪した理由を語って聞かせ、

「すべて厳重に見張られた政隆の屋敷から抜け出すための苦肉の策じゃ」

と呵々《かか》と笑った。

その後、錬蔵に目線を移し、ことばを重ねた。

「我ら丹羽の家系は、代々、道楽者でな。わしは学問好きの思索好き。好事《こうず》にのめり込みすぎて坊主になったようなものだ。政隆は風流好みに、下手の横好きの芸事修業、備後守殿は日がな一日、ぼんやりと思索にふけり、時には筆をとって詩作を愉しむといった、いやはや大名家に生まれ落ちたからよかったものの、世間的には箸にも

棒にもかからぬ者たちなのじゃ。働いて、まともに生き抜いていくことなど、とても出来ぬ半端者なのじゃよ」

頭をかいて、行心が、さらにつづけ、

「わかったようなことをいっておるが、このわしも坊主になって町人たちと触れ合うようになって初めて、自分の未熟を覚った次第でな。家臣たちが愛想づかしをし謀略をめぐらして藩の安泰を計るのも無理からぬ話かもしれぬのだ」

苦い笑いを浮かべたものだった。

黙って行心の話に耳を傾けていた錬蔵が口を開いた。

「昨夜、捕らえて、先日来、入牢させていた井崎なる田中藩の江戸詰めの藩士が、菊姫様の詰問に謀略の全容を白状いたしました」

「菊が、詰問したのか」

驚いたように行心が菊姫を見やった。

「いま起こっていることから逃げてはならぬ。ただそれだけを考えておりました。田中藩の藩主の一族として藩の安泰を計るのは当然のことでございます。菊は藩の安泰、藩士、領民の安穏を考える者ならば誰が政を行ってもかまわぬ、と考えております。が、田中藩の権勢をおのれの手中におさめ、利権を貪ろうとする村上頼母や渡部兵衛らを許すことはできませぬ。村上頼母らに加担している藩士たちは藩の存続を願い、自らの暮らしの安穏を守ろうとして加わっているだけのことだと、入牢させられている井崎も大島も富沢も異口同音にいっております」

心情を一気に語った菊姫を感心したように、眼を細めて行心が眺めていた。

「よくぞ、そこまで考えてくれた。菊が男の子に生まれてくれていたら、此度のような騒ぎは起きなかったかもしれぬ」

しみじみとした口調で行心がつづけた。

「つまるところ、備後守殿はじめ我ら丹羽の一族が藩士たちから見放された結果の御家騒動なのだ。そうはおもわぬか、政隆」

うむ、と首を捻った政隆が、

「考えたこともなかったが、そういわれてみれば、そうかもしれぬの。しかし、いまとなっては、日々の暮らしぶりは変えられそうにない。どうしたものか」

と申し訳なさそうに応えた。

じっと錬蔵を見つめて行心がいった。

「大滝殿、こんな我らだが、何とか田中藩の安泰を計りたい、と願っている。いわれる通りに動くゆえ、このまま力を貸してくれ」

「正直なところ、行心様以外の皆さまには一日も早く深川を出て行ってもらいたい、と考えております。何度も申しますが、深川の住人の安穏を守るのが我ら深川大番屋詰めの者の務め。これ以上、御家騒動の飛び火を浴びたくはありませぬ」

「これは手厳しい。が、わしらは大滝殿を頼りにするしかない。この通りじゃ」

深々と行心が頭を下げた。菊姫、政隆、登代、飯塚俊太郎がそれにならった。

「頭を上げてくだされ。頼りにしてくださるのなら私の立てた策に従い、動いてくださいますな」

「動く」

「ご指図のままに動きまする」

行心と菊姫がほとんど同時に声をあげた。登代、政隆、飯塚俊太郎が大きくうなずく。

「策はこうです。まず、これより六万坪近くにある河水の藤右衛門の寮に移っていただく。そこで村上頼母の一味が襲撃してくるまで、ただひたすら待つ。さらに」

策を語りつづける錬蔵を、耳を傾けた一同が、じっと見つめて座している。

昼餉の刻限を、とっくに過ぎたというのに神田佐久間町にある田中藩藩邸内の江戸留守居家老、村上頼母の屋敷の奥の間には張り詰めた気が流れていた。

上座に村上頼母が座している。脇に次席家老、坂崎釆女、向かい合って田宮郷助や藩士たち、田宮道場の門弟ら数十人が居流れていた。

一同を見渡して村上頼母が告げた。

「今朝方、城代家老の渡部兵衛からの仕立て便が届いた」

「仕立て便が」

「国元で異変が起こったのだ」

藩士たちの間にざわめきが上がった。

仕立て便とは、ふつう八日間かけて飛脚が走った江戸と大坂の間を三日間で駆け抜けた、当時としては最速の、極めて急ぎのときにのみ用いられた飛脚便のことである。田中と江戸の間であれば、ほぼ一日で封書が届けられたほどの早さであった。

「静かになされよ」

手を上げて坂崎釆女が声を高めた。

静けさがもどったのを見届けた村上頼母が一同を見据えた。日頃の穏和そうに見える容貌は消え失せていた。狡猾なものが細めた眼の奥で底光りしてる。

「行心様が突然、田中に参られ政隆様の屋敷を訪ねられた。政隆様の屋敷に監禁同様に足止めしておいた飯塚俊太郎を出家させて、おのれの弟子として連れだされた。それだけではない。『久しぶりに兄弟で舟遊びを愉しみたい』と言い出されて政隆様まで連れ出され、それきりもどって来られぬ、と仕立て便には記してあった。さきほど深川大番屋を張り込ませていた藩士が、行心様と政隆様、飯塚俊太郎の三人が警固についた大滝錬蔵らと共に深川大番屋に入っていき、ほどなくして、菊姫様、登代と共に深川六万坪近くにある瀟洒な、どこぞの分限者の寮とおもわれる建家に移られた、と報告してきた」

「大滝らは、そのまま警固についているのですな」

問うた田宮郷助に村上頼母が応じた。

「そうだ」

「見張りを兼ねて河水楼に乗り込ませた藩士の方々や門弟たちの酔いは夕刻には醒《さ》めましょう。藩の金でただ酒を呑めると、与えられた任務も忘れ、あまりの楽しさから酒に呑まれて酔い潰れ、あげくの果てに持ち合わせの金では飲み代が足りず、付け馬まで藩邸にやってきて代金を取り立てていく有り様。あまりの不始末にただ呆れ返るばかりでございます。夜襲の際には、河水楼で酔い潰れた者たちには先陣切って斬り込んでもらわねばなりませぬな」

「夜襲と申したな。夜襲して菊姫様、政隆様、行心様を奪い返す。そうなのだな」

「時をかけては落着が遅れるだけでございます。今夜にでも襲撃すべきか、と」

「今夜か」

つぶやいて村上頼母が坂崎采女を見やった。

無言で坂崎采女が顎を引いた。

「よかろう。今日、夜襲をかける。田宮、襲撃の指揮はお主にまかせる。事成就の暁には藩の剣術指南役となる田宮郷助の腕の見せ所だ。心して仕掛かるがよい」

「見事、仕遂げてみせます」

眼光鋭く田宮郷助が応じた。


六万坪は、元禄時代に江戸中の塵芥を埋め立てて築地された土地である。その西方の三分の一の土地を年貢地とする旨を商人が公儀に願い出て許され、土地を買い付けて商家を開いた。

その商家の所有地が少しずつ切り売りされ、いまでは、春には野の花、秋には薄《すすき》の野の広がる鄙《ひな》びた風趣を好む分限者《ぶげんしゃ》たちの建てた寮が、あたりに点在するようになっていた。

六万坪の一角の、二十間川沿いに河水の藤右衛門の寮は建てられていた。

「騒ぎが大きくなれば深川は危ないところとの噂が江戸中にひろがり、商いがやりにくくなります。深川は気楽に遊べる、危険な目にあうことのない遊所、との評判をつくり上げねばなりませぬ。わたくしめの勝手で男衆を手配させてもらいます」

との藤右衛門の強引な申し入れがあり、寮の周囲には藤右衛門の抱える男衆や息のかかったやくざの一家が、あちこちに身を潜めていた。

寮の奥座敷には菊姫、行心、政隆、登代が、戸襖前の廊下には飯塚俊太郎と揺海寺から呼び戻された前原が座して警固にあたっていた。

建家のまわりは錬蔵と安次郎、松倉と小幡、八木と雲水のいでたちから小袖の着流し姿にもどった溝口が、それぞれ決められた場所で立ち番している。同心たちは、いつもの出役《しゆつやく》のいでたちではなく、小袖を着流した、浪人と見紛う姿であった。

溝口は揺海寺へ迎えに来た安次郎と小幡、前原を待たせ、ひとり、お千代の墓がわりの土饅頭の前で手を合わせたときのことを思い起こしていた。

合掌した溝口の耳に、不意にお千代の声が甦った。

「おまえさん、助けて。あたしみたいな、弱い人を守ってやって。おまえさん」

祈り終えた溝口は、おもわず独り言ちていた。

「お千代、おまえとの約束だ。おれは、もう迷わぬ。お千代のような、弱い者たちを守り、助けつづける男になる。深川鞘番所の同心の務めにもどる。それゆえ墓参りには、時々しか来られぬ。ひとりで淋しかろうが我慢してくれ」

立ち上がった溝口は、これまで懐に入れたままだった十手をとりだし、じっと見つめた。

得心したかのように、うむ、と大きくうなずいた溝口は、手にしていた十手を帯に差した。

「出かけるぞ」

土饅頭の下に眠るお千代に声をかけ、溝口は待っている安次郎たちに向かって足を踏み出した。

二十間川から吹いてくる川風が溝口の頬をなぶって通りすぎていく。溝口は西の空を見やった。

むかし、お千代と見た夕焼けに似た、茜色《あかね》に染まった空が広がっている。溝口は、次第に黒ずんでいく朱色の空を凝然と見つめつづけた。

あたりは深更の闇が支配していた。

（襲撃は明晩、いや今夜あるかもしれぬ）

そう錬蔵はおもっていた。新たな藩主として擁立するつもりでいた丹羽政隆と、どこぞの大名家の庶子と娶せると決めていた菊姫を取り返すことは、村上頼母一味が田中藩を牛耳るためには必要不可欠の要件であった。時を置いては藩内の同腹の者たちの足並みが乱れる恐れがある。ここ二、三日が勝負と、錬蔵はみていた。

突然、刃を合わせる音が響いた。

寮の檜皮葺門を蹴破って乱入してくる足音が響いた。先頭にたつのは田宮郷助であった。その音に気づいて駆けつけた溝口や八木、小幡らが剣戟の修羅場に飛び込んでいった。

斬りかかる八木や小幡の大刀をはじき返し、寮に向かって田宮郷助が走った。藩士たちが後につづく。迎え撃つ溝口、小幡ら同心組と追ってきた男衆ややくざたちと藩士、田宮道場の門弟たちとが激しく斬り結んだ。

追いすがる、やくざ者ふたりを斬って捨て、寮の建家へ向かって一気に走り込む田宮郷助の足が止まった。

行く手に月明かりを背に立つ黒い影があった。

「大滝か」

吠えた田宮郷助に応えるかのように黒い影が一歩、前へ踏み出した。

月影に斜めに照らし出された顔は、まさしく大滝錬蔵のものであった。

「一刀流、田宮郷助。勝負」

「鉄心夢想流、お相手いたす」

大刀を抜きはなった錬蔵が、ゆっくりと左下段に置いた。

上段に構えた田宮が、裂帛の気合いを発して地を蹴った。

一歩右へ動いた錬蔵が逆袈裟に刀を振りあげるのと田宮郷助が剣を振り下ろすのが同時だった。

錬蔵の左肩を断ち割った筈の田宮の剣が、紙一重の差で、空を切った。

勝負は一瞬だった。

閃光と化して斜め上に走った錬蔵の刀が田宮の左脇腹を深々と切り裂いていた。

たたらを踏んで振り向いた田宮の左肩に錬蔵の、振り向きざまに振るった右からの袈裟懸けが叩きつけられていた。

凄まじいまでの大刀の一撃に、地面に押しつけられるように田宮が崩れ落ちた。見下ろして錬蔵が告げた。

「鉄心夢想流につたわる秘伝〈霞十文字〉。いまだ敗れざる秘剣の太刀捌《さば》きを見納めに、この世を旅立てたことを、剣士としての喜びとおもえ」

すでに絶命しているのか田宮郷助は身動きひとつしない。

そのとき、木陰から飛び出した、頬隠し頭巾をかぶった、ふたりの武士がいた。逃げようと表門へ向かって走る武士の行く手を遮って安次郎が回り込んだ。

長脇差をふりかざして迫る安次郎にふたりの武士が逃げ場を失って奥へ向かって走った。

ふたりの武士を安次郎とはさみこむ形で錬蔵が走った。

ふたりの武士の前に回るや錬蔵が大刀を一閃し、さらに逆方向に返した。

頬隠し頭巾が切り落とされ、ふたりの顔が露わになった。村上頼母と坂崎栄女であった。そのとき、縁側から声がかかった。

「村上頼母、坂崎栄女、不忠の罪、菊は許さぬ」

見やると剣戟の響きを聞きつけたか菊姫と行心、政隆が縁側に立ち、村上頼母たちを鋭く睨み据えていた。抜き身の大刀を構えた前原と飯塚俊太郎、懐剣を手にした登代が三人を守っている。

「大滝、許す。両名を上意討ちにせよ」

鋭い菊姫の一声がかかった。

あわてて村上頼母と坂崎采女が大刀を引き抜く。

菊姫に向かってすすもうとしたふたりの行く手を駆け寄った前原が塞いだ。

逃げ場を失い、振り向きざまに斬りかかってきた村上頼母と坂崎采女とは一太刀も合わせることなく、錬蔵はふたりを斬り伏せていた。

見届けて菊姫が声高に告げた。

「御家に仇為す村上頼母と坂崎采女は上意討ちにした。これ以上、抗うことは許さぬ。いま、この場から姿を消した藩士は咎め立てせぬ。村上頼母亡き後は江戸藩邸を仕切るは菊じゃ。菊が許す、と約束する。この場から立ち去るのじゃ」

歩み寄ってきた安次郎が錬蔵の耳元で小声でいった。

「旦那、行心さまが男の子で生まれてくれたらと仰有ってたが、菊姫さま、なかなかの仕切り振り。あれじゃ婿入りされた、どこぞの大名家の二男坊は尻に敷かれっぱなしで、ぐうの音も出ませんぜ。はじめてあったときと、まるで別人だ」

錬蔵は、微かな笑みを浮かべて、黙ってうなずいた。

すっくと立った菊姫を助けるように行心と政隆、警固役の飯塚俊太郎と登代が、周囲に油断のない視線を走らせている。

包丁で俎板を叩く音が響いている。

六万坪での捕物を終えた日の翌朝早く、買い込んだ菜などを入れた風呂敷包みを手にして朝餉の支度にお紋がやってきたのだった。

いつものように長屋の台所からつづく板敷の間で錬蔵は座している。

壁に背をもたせかけていた。

俎板の音が母への思いを浮かび上がらせ、こころに暖かなものが広がっていくのを錬蔵は感じていた。

いつの間にか眼を閉じていた。

ふわり、と錬蔵の躰に何かがかけられた。わずかに揺れた気が錬蔵を目覚めさせた。

薄目を開けると掻巻が躰にかけられていた。竈《かまど》の方へ歩いていくお紋の後ろ姿が見えた。

葱《ねぎ》でも刻みだしたのか、再び、俎板の音が聞こえ始めた。

（しばらく、このままでいたい）

強いおもいが錬蔵の心の奥底から湧き上がってきた。錬蔵は、ゆっくりと眼をつむった。

俎板の音が耳に心地よい。

母の胸に抱かれた赤子のように、錬蔵は、いつのまにか、眠りについていた。

【参考文献】

『江戸生活事典』三田村鳶魚著　稲垣史生編　青蛙房
『時代風俗考証事典』林美一著　河出書房新社
『江戸町方の制度』石井良助編集　人物往来社
『図録　近世武士生活史入門事典』武士生活研究会編　柏書房
『図録　都市生活史事典』原田伴彦・芳賀登・森谷尅久・熊倉功夫編　柏書房
『復元　江戸生活図鑑』笹間良彦著　柏書房
『絵で見る時代考証百科』名和弓雄著　新人物往来社
『時代考証事典』稲垣史生著　新人物往来社
『考証　江戸事典』南条範夫・村雨退二郎編　新人物往来社
『新編　江戸名所図会　〜上・中・下〜』鈴木棠三・朝倉治彦校註　角川書店
『武芸流派大事典』綿谷雪・山田忠史編　東京コピイ出版部
『図説　江戸町奉行所事典』笹間良彦著　柏書房
『江戸町づくし稿―上・中・下・別巻―』岸井良衛　青蛙房
『江戸岡場所遊女百姿』花咲一男著　三樹書房

『江戸の盛り場』海野弘著　青土社
『天明五年　天明江戸図』人文社

吉田雄亮著作リスト

修羅裁き	裏火盗罪科帖	光文社文庫	平14・10
夜叉裁き	裏火盗罪科帖㈡	光文社文庫	平15・5
繚乱《りょうらん》断《だ》ち	仙石隼人探察行	双葉文庫	平15・9
龍神裁き	裏火盗罪科帖㈢	光文社文庫	平16・1
鬼道裁き	裏火盗罪科帖㈣	光文社文庫	平16・9
花魁殺《おいらんさつ》	投込寺闇供養	祥伝社文庫	平17・2
閻魔《えんま》裁き	裏火盗罪科帖㈤	光文社文庫	平17・6
弁天殺《べんてんさつ》	投込寺闇供養㈡	祥伝社文庫	平17・9
観音裁き	裏火盗罪科帖㈥	光文社文庫	平18・6
黄金小町	聞き耳幻八浮世鏡	双葉文庫	平18・11
火怨裁き	裏火盗罪科帖㈦	光文社文庫	平19・4
傾城番附《けいせいばんづけ》	聞き耳幻八浮世鏡	双葉文庫	平19・11
深川鞘《さや》番所		祥伝社文庫	平20・3

転生《てんしょう》裁き　裏火盗罪科帖(八)　光文社文庫　平20・6
放浪悲剣　聞き耳幻八浮世鏡　双葉文庫　平20・8
恋慕舟　深川鞘番所②　祥伝社文庫　平20・9
陽炎《かげろう》裁き　裏火盗罪科帖(九)　光文社文庫　平20・11
紅燈川　深川鞘番所③　祥伝社文庫　平20・12
遊里ノ戦　新宿武士道(1)　二見時代小説文庫　平21・5
化粧《けわい》堀　深川鞘番所④　祥伝社文庫　平21・6
夢幻《むげん》裁き　裏火盗罪科帖(十)　光文社文庫　平21・10
浮寝岸　深川鞘番所⑤　祥伝社文庫　平21・12
逢初《あいぞめ》橋　深川鞘番所⑥　祥伝社文庫　平22・3

逢初橋

一〇〇字書評

切り取り線

購買動機（新聞、雑誌名を記入するか、あるいは○をつけてください）	
□（　　　　　　　　　　　）の広告を見て	
□（　　　　　　　　　　　）の書評を見て	
□ 知人のすすめで	□ タイトルに惹かれて
□ カバーがよかったから	□ 内容が面白そうだから
□ 好きな作家だから	□ 好きな分野の本だから

●最近、最も感銘を受けた作品名をお書きください

●あなたのお好きな作家名をお書きください

●その他、ご要望がありましたらお書きください

住所	〒				
氏名		職業		年齢	
Eメール	※携帯には配信できません	新刊情報等のメール配信を希望する・しない			

あなたにお願い

この本の感想を、編集部までお寄せいただけたらありがたく存じます。今後の企画の参考にさせていただきます。Eメールでも結構です。

いただいた「一〇〇字書評」は、新聞・雑誌等に紹介させていただくことがあります。その場合はお礼として特製図書カードを差し上げます。

前ページの原稿用紙に書評をお書きの上、切り取り、左記までお送り下さい。宛先の住所は不要です。

なお、ご記入いただいたお名前、ご住所等は、書評紹介の事前了解、謝礼のお届けのためだけに利用し、そのほかの目的のために利用することはありません。

〒一〇一-八七〇一
祥伝社文庫編集長　加藤　淳
☎〇三（三二六五）二〇八〇
bunko@shodensha.co.jp

祥伝社ホームページの「ブックレビュー」からも、書き込めます。

http://www.shodensha.co.jp/bookreview/

祥伝社文庫

上質のエンターテインメントを！　珠玉のエスプリを！

祥伝社文庫は創刊15周年を迎える2000年を機に、ここに新たな宣言をいたします。いつの世にも変わらない価値観、つまり「豊かな心」「深い知恵」「大きな楽しみ」に満ちた作品を厳選し、次代を拓く書下ろし作品を大胆に起用し、読者の皆様の心に響く文庫を目指します。どうぞご意見、ご希望を編集部までお寄せくださるよう、お願いいたします。

2000年1月1日　　祥伝社文庫編集部

逢初橋《あいぞめばし》　深川鞘番所《ふかがわさやばんしょ》　長編時代小説

平成22年3月20日　初版第1刷発行

著者　吉《よし》田《だ》雄《ゆう》亮《すけ》

発行者　竹内和芳

発行所　祥《しょう》伝《でん》社《しゃ》

東京都千代田区神田神保町3-6-5
九段尚学ビル　〒101-8701
☎03(3265)2081(販売部)
☎03(3265)2080(編集部)
☎03(3265)3622(業務部)

印刷所　堀内印刷

製本所　積信堂

ISBN978-4-396-33566-3 C0193

祥伝社のホームページ・http://www.shodensha.co.jp/